你可以
大声
全世界

梁实秋

著

图书在版编目（CIP）数据

你可以大声蛐蛐全世界 / 梁实秋著. -- 武汉 : 长江文艺出版社, 2025. 5. -- ISBN 978-7-5702-4003-6

Ⅰ. I266

中国国家版本馆CIP数据核字第2025E4D719号

你可以大声蛐蛐全世界
NI KEYI DASHENG QUQU QUAN SHIJIE

| 责任编辑：田家康 | 责任校对：韩　雨 |
| 封面设计：Yuutarou | 责任印制：张　涛 |

出版： 长江出版传媒　长江文艺出版社
地址：武汉市雄楚大街268号　　　邮编：430070
发行：长江文艺出版社
　　　北京时代华语国际传媒股份有限公司　（电话：010-83670231）
http://www.cjlap.com
印刷：北京盛通印刷股份有限公司

开本：880毫米×1230毫米　1/32　　印张：8
版次：2025年5月第1版　　2025年5月第1次印刷
字数：130千字

定价：52.00元

版权所有，盗版必究
（图书如出现印装质量问题，请联系 010-83670231 进行调换）

目录

辑一 / 自诩万物灵长，行事却欠思量

孩子 —— 003

女人 —— 008

男人 —— 014

年龄 —— 018

中年 —— 023

老年 —— 028

诗人 —— 032

客 —— 037

在电车里 —— 041

"旁若无人" —— 044

辑二 / 试观今日之世界，
还不是个饭碗文明

职业 —— 051

饭碗 —— 057

理想的"饭碗" —— 059

挑痧匠 —— 062

医生 —— 064

乞丐 —— 069

大学教授 —— 074

招聘 —— 076

开会 —— 078

升官图 —— 080

退休 —— 084

辑三 / 大多数时候，人类单凭感觉活着

笑 —— 091

怒 —— 093

聋 —— 096

沉默 —— 101

如意 —— 104

寂寞 —— 107

不亦快哉 —— 111

辑四 —— 福字倒挂，
福就真到了吗

钟——117

钥匙——121

电话——126

衣裳——131

沙发——136

对联——141

窗外——146

火车——151

垃圾——156

辑五 / 凡是人为的音乐，
都应该宁缺毋滥

雅舍 —— 163

喝茶 —— 168

音乐 —— 173

日记 —— 178

洗澡 —— 183

麻将 —— 187

照相 —— 193

下棋 —— 198

放风筝 —— 202

辑六 / 不必为了应酬新交而磨粗自己的手掌

脏 —— 211

胖 —— 216

鼾 —— 220

吃相 —— 225

握手 —— 228

礼貌 —— 232

送行 —— 237

婚礼 —— 242

辑一

自诩万物灵长，行事却欠思量

世界是个舞台，但这出戏的选角太潦草了！

孩子

> 我一向不信孩子是未来世界的主人翁,因为我亲见孩子到处在做现在的主人翁。

兰姆是终身未娶的,他没有孩子,所以他有一篇《未婚者的怨言》收在他的《伊利亚随笔》里。他说孩子没有什么稀奇,等于阴沟里的老鼠一样,到处都有,所以有孩子的人不必在他面前炫耀。他的话无论是怎样中肯,但在骨子里有一点酸——葡萄酸。

我一向不信孩子是未来世界的主人翁,因为我亲见孩子到处在做现在的主人翁。孩子活动的主要范围是家庭,而现代家庭很少不是以孩子为中心的。一夫一妻不能称为家,没有孩子的家像是一株不结果实的树,总缺点什么;必定等到小宝贝呱呱坠地,家庭的柱石才算放稳,男人开始做父亲，女人开始做母亲，大家才算找到各自的岗位。我问过一个并非"神童"的孩子："你妈妈是做什么的？"他说："给我缝衣的。""你爸爸呢？"小宝贝翻翻白眼："爸爸是看报的！"但是他随即更正说："是给我们挣钱的。"孩子的回答全对。爹妈全是在为孩子服务。母亲早晨喝稀饭，买鸡蛋给孩子吃；父亲早晨吃鸡蛋，买鱼肝油精给孩子吃。最好的东西都要呈献给孩子，否则，做父母的心里便起惶恐，像是做了什么大逆不道的事一般。孩子的健康和他的舒适，成为家庭一切设施的一个主要先决问题。这种风气，自古已然，于今为烈。自有小家庭制以来，孩子的地位顿形提高。以前的"孝子"是孝顺其父母之子，今之所谓"孝子"乃是孝顺其孩子之父母。孩子是一家之主，父母都要孝他！

"孝子"之说，并不偏激。我看见过不少的孩子，鼓噪起来能像一营兵；动起武来能像械斗；吃起东西来能像饿虎扑食；对于尊长宾客有如生番；不如意时撒泼打滚有如羊痫；玩得高兴时能把家具什物狼藉满室，有如惨遭洗劫……但是"孝子"式的父母则处之泰然，视若无睹，顶多皱起眉头，但皱不过三四秒钟仍复堆起笑容，危及父母的生存和体面的时候,也许要狠心咒骂几声,但那咒骂大部分是哀怨乞怜的性质,其中也许带一点威吓,但那威吓只能得到孩子的讪笑,因为那威吓是向来没有兑现过的。

"孟懿子问孝,子曰:'无违。'"今之"孝子"深韪是说。凡是孩子的意志,为父母者宜多方体贴,勿使稍受挫阻。近代儿童教育心理学者又有"发展个性"之说,与"无违"之说正相符合。

体罚之制早已被人唾弃,以其不合儿童心理健康之故。我想起一个外国的故事:

一个母亲带孩子到百货商店。经过玩具部,看见一匹木马,孩子一跃而上,前摇后摆,踌躇满志,再也不肯下来,那木马不是为出售的,是商店的陈设。店员们叫孩子下来,孩子不听;母亲叫他下来,加倍不听;母亲说带他吃冰激凌去,依然不听;买朱古力糖去,格外不听。任凭许下什么愿,总是还你一个不听;当时演成僵局,顿成胶着状态。最后一位聪明的店员建议说:"我们何妨把百货商店特聘的儿童心理学专家请来解围呢?"众谋佥同,于是把一位天生成有教授面孔的专家从八层楼请了下来。专家问明原委,轻轻走到孩子身边,附耳低声说了一句话,那孩子便像触电一般,滚鞍落马,牵着母亲的衣裙,仓皇遁去。事后有人问那专家到底对孩子说的是什么话,那专家说:"我说的是:'你若不下马,我打碎你的脑壳!'"

这专家真不愧为专家,但是颇有不孝之嫌。这孩子假如平常受惯了不兑现的体罚、威吓,则这专家亦将无所施其技了。约翰逊博士主张不废体罚,他以为体罚的妙处在于直截了当,然而约翰逊博士是十八世纪的人,不合时代潮流!

哈代有一首小诗,写孩子初生,大家誉为珍珠宝贝,稍长都夸作玉树临风,长成则为非作歹,终至于陈尸绞架。这老头子未免过于悲观。但是"幼有神童之誉,少怀大志,长而无闻,终乃与草木同朽"——这确是个可以普遍应用的公式。"小时聪明,大时未必了了。"究竟是知言,然而为父母者多属乐观,孩子才能骑木马,父母便幻想他将来指挥十万貔貅时之马上雄姿;孩子才把一曲抗战小歌哼得上口,父母便幻想着他将来喉声一啭彩声雷动时的光景;孩子偶然拨动算盘,父母便暗中揣想他将来或能掌握财政大权,同时兼营投机买卖……这种乐观往往形诸言语,成为炫耀，使旁观者有说不出的感想。曾见一幅漫画：一个孩子跪在他父亲的膝头用他的玩具敲打他父亲的头，父亲眯着眼在笑，那表情像是在宣告："看看！我的孩子！多么活泼，多么可爱！"旁边坐着一位客人咧着大嘴做傻笑状，表示他在看着，而且感觉兴趣。这幅画的标题是《演剧术》。一个客人看着别人家的孩子而能表示感觉兴趣，这真确实需要良好的"演剧术"。兰姆显然是不欢喜演这样的戏。

孩子中之比较最蠢、最懒、最刁、最泼、最丑、最弱、最不讨人欢喜的，往往最得父母的钟爱。此事似颇费解，其实我们应该记得《西游记》中唐僧为什么偏偏欢喜猪八戒。

谚云："树大自直。"意思是说孩子不需管教，小时恣肆些，大了自然会好。可是弯曲的小树，长大是否会直呢？我不敢说。

女人

> 女人决定一件事之后，还能随时做一百八十度的大转弯，做出那与决定完全相反的事，使人无法追随。

　　有人说女人喜欢说谎。假如女人所捏撰的故事都能抽取版税，便很容易致富。这问题在什么叫作说谎。若是运用小小的机智，打破眼前小小的窘僵，获取精神上小小的胜利，因而牺牲一点点真理，这也可以算是说谎，那么，女人确是比较的富于说谎的天才。有具体的例证。你没有陪过女人买东西吗？尤其是买衣料，她从不干干脆脆地说要做什么衣，要买什么料，准备出多少钱。她必定要东挑西拣，翻天覆地，同时口中念念有词，不是嫌这匹料子太薄，就是怪那匹料子花样太旧，这个不禁洗，那个不禁晒，这个缩头大，那个门面窄，批评得人家一文不值。其实，满不是这么一回事,她只是嫌价码太贵而已!如果价钱便宜,其他的缺点全都不成问题,而且本来不要买的也要购储起来。一个女人若是因为炭贵而不生炭盆,她必定对人解释说:"冬天生炭盆最不卫生,到春天容易喉咙痛!"屋顶渗漏,塌下盆大的灰泥,在未修补之前,女人便会向人这样解释:"我预备在这地方安装电灯。"自己上街买菜的女人,常常只承认散步和呼吸新鲜空气是她上市的唯一理由。艳羡汽车的女人常常表示她最厌恶汽油的臭味。坐在中排看戏的女人常常说前排的头等座位最不舒适。一个女人馈赠别人,必说:"实在买不到什么好的……"其实这东西根本不是她买的,是别人送给她的。一个女人表示愿意陪你去上街走走,其实是她顺便要买东西。总之,女人总欢喜拐弯抹角的,放一个小小的烟幕,无伤大雅,颇占体面。这也是艺术,王尔德不是说过"艺术即是说谎"吗?这些例证还只是一些并无版权的谎话而已。

女人善变,多少总有些哈姆雷特式,拿不定主意。问题大者如离婚结婚,问题小者如换衣换鞋,都往往在心中经过一读二读三读,决议之后再复议,复议之后再否决,女人决定一件事之后,还能随时做一百八十度的大转弯,做出那与决定完全相反的事，使人无法追随。因为变得急速所以容易给人以"脆弱"的印象。莎士比亚有一名句："'脆弱'呀，你的名字叫作'女人'！"但这脆弱，并不永远使女人吃亏。越是柔韧的东西越不易摧折。女人不仅在决断上善变，即便是一个小小的别针位置也常变，午前在领扣上，午后也许移到了头发上。三张沙发，能摆出若干阵势，几根头发，能梳出无数花头。讲到服装，其变化之多，常达到荒谬的程度。外国女子的帽子，可以是一根鸡毛，可以是半只铁锅，或是一个畚箕。中国女人的袍子，变化也就够多，领子高的时候可以使她像一只长颈鹿，袖子短的时候恨不得使两腋生风，至于纽扣盘花，绲边镶绣，则更加是变幻莫测。"上帝给她一张脸，她能另造一张出来""女人是水做的"，是活水，不是止水。

女人善哭，从一方面看，哭常是女人的武器，很少人能抵抗她这泪的洗礼。俗语说"一哭二闹三上吊"，这一哭确实其势难当。但从另一面看，哭也常是女人内心的"安全瓣"。女人的忍耐的力量是伟大的，她为了男人，为了小孩，能忍受难堪的委屈。女人对于自己的享受方面，总是属于"斯多亚派"的居多。男人不在家时，她能立刻变成为素食主义者，火炉里能爬出老鼠，开电灯怕费电，再关上又怕费开关。平素既已极端刻苦，一旦精神上再受刺激，便忍无可忍，一腔悲怨天然地化作一把鼻涕眼泪，从"安全瓣"中汩汩而出，腾出空虚的心房，再来接受更多的委屈。女人很少破口骂人（骂街便成泼妇，其实甚少），很少揎袖挥拳，但泪腺就比较发达。善哭的也就常常善笑，眯眯地笑，哧哧地笑，咯咯地笑，哈哈地笑，笑是常驻在女人脸上的，这笑脸常常成为最有效的护照。女人最像小孩，她能为了一个滑稽的姿态而笑得前仰后合，肚皮痛，淌眼泪，以至于翻筋斗！哀与乐都像是常川有备，一触即发。

女人的嘴，大概是用在说话方面的时候多。女孩子从小就往往口齿伶俐，就是学外国语也容易朗朗上口，不像嘴里含着一个大舌头。等到长大之后，三五成群，说长道短，声音脆，嗓门高，如蝉噪，如蛙鸣，真当得好几部鼓吹！等到年事再长，万一堕入"长舌"型，则东家长，西家短，飞短流长，搬弄多少是非，惹出无数口舌；万一堕入"喷壶嘴"型，则琐碎繁杂，絮聒唠叨，一件事要说多少回，一句话要说多少遍，如喷壶下注，万流齐发，挡者披靡，不可向迩！一个人给他的妻子买一件皮大衣，朋友问他:"你是为使她舒适吗?"那人回答说:"不是,为使她少说些话!"

女人胆小,看见一只老鼠而当场昏厥,在外国不算是奇闻。中国女人胆小不至如此,但是一声霹雷使得她拉紧两个老妈子的手而仍战栗不止,倒是确有其事。这并不是做作,并不是故意在男人面前作态,使他有机会挺起胸脯说:"不要怕,有我在!"她是真怕。在黑暗中或荒僻处,没有人,她怕;万一有人,她更怕!屠牛宰羊,固然不是女人的事,杀鸡宰鱼,也不是不费手脚。胆小的缘故,大概主要的是体力不济。女人的体温似乎较低一些,有许多女人怕发胖而食无求饱,营养不足,再加上怕臃肿而衣裳单薄,到冬天瑟瑟打战,袜薄如蝉翼,把小腿冻得做"浆米藕"色,两只脚放在被里一夜也暖不过来,双手捧热水袋,从八月捧起,捧到明年五月,还不忍释手。抵抗饥寒之不暇,焉能望其胆大。

女人的聪明,有许多不可及处,一根棉线,一下子就能穿入针孔,然后一下子就能在线的尽头处打上一个结子,然后扯直了线在牙齿上砰砰两声,针尖在头发上擦抹两下,便能开始解决许多在人生中并不算小的苦恼,例如,缝上衬衣的扣子,补上袜子的破洞之类。至于几根篾棍,一上一下地编出多少样物事,更是令人叫绝。有学问的女人,创辟"沙龙",对任何问题能继续谈论至半小时以上,不但不令人入睡,而且令人疑心她是内行。

男人

> 有一个人半年没有吃鸡,看见了鸡毛帚就流涎三尺。一餐盛馔之后,他的人生观都能改变,对于什么都乐观起来。

男人令人首先感到的印象是脏!当然,男人当中亦不乏刷洗干净洁身自好的,甚至还有油头粉面衣冠楚楚的,但大体讲来,男人消耗肥皂和水的数量要比较少些。某一男校,对于学生洗澡是强迫的,入浴签名,每周计核,对于不曾入浴的初步惩罚是宣布姓名,最后的断然处置是定期强迫入浴,并派员监视,然而日久玩生,签名簿中尚不无浮冒情事。有些男人,西装裤尽管挺直,他的耳后脖根,土壤肥沃,常常宜于种麦!袜子手绢不知随时洗涤,常常日积月累,到处塞藏,等到无可使用时,再从那一堆污垢存货当中拣选比较干净的去应急。有些男人的手绢,拿出来硬像是土灰面制的百果糕,黑乎乎黏成一团,而且内容丰富。男人的一双脚，多半好像是天然地具有泡菜霉干菜再加糖蒜的味道，所谓"濯足万里流"是有道理的，小小的一盆水确是无济于事，然而多少男人却连这一盆水都吝而不用，怕伤元气。两脚既然如此之脏，偏偏有些"逐臭之夫"喜于脚上藏垢纳污之处往复挖掘，然后嗅其手指，引以为乐！多少男人洗脸都是专洗本部，边疆一概不理，洗脸完毕，手背可以不湿，有的男人是在结婚后才开始刷牙。"扪虱而谈"的是男人。还有更甚于此者，曾有人当众搔背，结果是从袖口里面摔出一只老鼠！除了不可挽救的脏相之外，男人的脏大概是由于懒。

对了！男人懒。他可以懒洋洋坐在旋椅上，五官四肢，连同他的脑筋（假如有），一概停止活动，像呆鸟一般；"不闻夫博弈者乎……"那段话是专对男人说的，他若是上街买东西，很少时候能令他的妻子满意，他总是不肯多问几家，怕跑腿，怕费话，怕讲价钱。什么事他都嫌麻烦，除了指使别人替他做的事之外，他像残废人一样，对于什么事都愿坐享其成，而名之曰"室家之乐"。他提前养老，至少提前三二十年。

紧毗连着"懒"的是"馋"。男人大概有好胃口的居多。他的嘴，用在吃的方面的时候多，他吃饭时总要在菜碟里发现至少一英寸见方半英寸厚的肉，才能算是没有吃素。几天不见肉，他就喊："嘴里要淡出鸟儿来！"若真个三月不知肉味，怕不要淡出毒蛇猛兽来！有一个人半年没有吃鸡，看见了鸡毛帚就流涎三尺。一餐盛馔之后，他的人生观都能改变，对于什么都乐观起来。一个男人在吃一顿好饭的时候，他脸上的表情硬是在感谢上天待人不薄；他饭后衔着一根牙签，红光满面，硬是觉得可以骄人。主中馈的是女人，修食谱的是男人。

男人多半自私。他的人生观中有一基本认识，即宇宙一切均是为了他的舒适而安排下来的。除了在做事赚钱的时候不得不忍气吞声地向人奴膝婢颜外，他总是要做出一副老爷相。他的家便是他的国度，他在家里称王。他除了为赚钱而吃苦努力外，他是一个"伊比鸠派"，他要享受。他高兴的时候，孩子可以骑在他的颈上，他引颈受骑，他可以像狗似的满地爬；他不高兴时，他看着谁都不顺眼，在外面受了闷气，回到家里来加倍地发作。他不知道女人的苦处。女人对于他的殷勤委曲，在他看来，就如同犬守户、鸡司晨一样的稀松平常，都是自然现象。他说他爱女人，其实他不爱，是享受女人。他不问他给了别人多少，但是他要在别人身上尽量榨取。他觉得他对女人最大的恩惠，便是把赚来的钱全部或一部分拿回家来，但是当他把一卷卷的钞票从衣袋里掏出来的时候，他的脸上的表情是骄傲的成分多，亲爱的成分少，好像是在说："看我！你行吗？我这样待你，你多幸运！"他若是感觉到这家不复是他的乐园，他便有多样的借口不回到家里来。他到处云游，他另辟乐园。他有聚餐会，他有酒会，他有桥会，他有书会、画会、棋会，他有夜会，最不济的还有个茶馆。他的享乐的方法太多。假如轮回之说不假，下世侥幸依然投胎为人，很少男人情愿下世做女人的。他总觉得这一世生为男身，而享受未足，下一世要继续努力。

"群居终日，言不及义"，原是人的通病，但是言谈的内容，却男女有别。女人谈的往往是"我们家的小妹又病了！""你们家每月开销多少？"之类。男人谈的是另一套，普通的方式，男人的谈话，最后不谈到女人身上便不会散场。这一个题目对男人最有兴味。如果有一个桃色案，他们唯恐其和解得太快。他们好议论人家的隐私，好批评别人的妻子的性格相貌。"长舌男"是到处有的，不知为什么这名词尚不甚流行。

年龄

> 有人春秋鼎盛而已皓首皤皤,有人已到黄耇之年而顶上犹有"不白之冤",这都是习见之事。

从前看人作序,或是题画,或是写匾,在署名的时候往往特别注明"时年七十有二""时年八十有五"或是"时年九十有三",我就肃然起敬。春秋时人荣启期以为行年九十是人生一乐,我想拥有一大把年纪的人大概是有一种可以在人前夸耀的乐趣。只是当时我离那耄耋之年还差一大截子,不知自己何年何月才有资格在署名的时候也写上年龄。我揣想署名之际写上自己的年龄,那时心情必定是扬扬得意,好像是在宣告:"小子们,你们这些黄口小儿,乳臭未干,虽然幸离襁褓,能否达到老夫这样的年龄恐怕尚未可知哩。"须知得意不可忘形,在夸示高龄的时候,未来的岁月已所余无几了。俗语有一句话说："棺材是装死人的，不是装老人的。"话是不错，不过你试把棺盖揭开看看，里面躺着的究竟是以老年人为多。年轻的人将来的岁月尚多，所以我们称他为富于年。人生以年龄计算，多活一年即是少了一年，人到了年促之时，何可夸之有？我现在不复年轻，看人署名附带声明时年若干若干，不再有艳羡之情了。倒是看了富于年的英俊，有时不胜羡慕之至。

裸子植物和双子叶植物，其茎部的细胞因春夏成长秋冬停顿之故而形成所谓年轮，我们可以从而测知其年龄。人没有年轮，而且也不便横切开来察验。人年纪大了常自谦为马齿徒增，也没有人掰开他的嘴巴去看他的牙齿。眼角生出鱼尾纹，脸上遍撒黑斑点，都不一定是老朽的象征。头发的黑白更不足为凭。有人春秋鼎盛而已皓首皤皤，有人已到黄耇之年而顶上犹有"不白之冤"，这都是习见之事。不过岁月不饶人，冒充少年究竟不是容易事。地心的吸力谁也抵抗不住。脸上、颈上、腰上、踝上，连皮带肉地往下坠，虽不至于"载跋其胡"，那副龙钟的样子是瞒不了人的。别的部分还可以遮盖起来，面部经常暴露在外，经过几番风雨，多少回风霜，总会留下一些痕迹。

好像有些女人对于脸上的情况较为敏感。眼窝底下挂着两个泡囊，其状实在不雅，必剔除其中的脂肪而后快。两颊松懈，一条条的沟痕直垂到脖子上，下巴底下更是一层层的皮肉堆累，那就只好开刀，把整张的脸皮揪扯上去，像国剧一些演员化妆那样，眉毛眼睛一齐上挑，两腮变得较为光滑平坦，皱纹似乎全不见了。此之谓美容、整容，俗称之为拉皮。行拉皮手术的人，都秘不告人，而且讳言其事。所以在饮宴席上，如有面无皱纹的年高名婆在座，不妨含混地称赞她驻颜有术，但是在点菜的时候不宜高声地要鸡丝拉皮。

其实自古以来也有不少男士热衷于驻颜。南朝宋颜延之《庭诰》："练形之家，必就深旷，反飞灵，糇丹石，粒芝精，所以还年却老，延华驻彩。"道家练形养元，可以尸解升天，岂止延华驻彩？这都是一些姑妄言之的神话。贵为天子的人才真的想要还年却老，千方百计地求那不老的仙丹。看来只有晋孝武帝比较通达事理，他饮酒举杯属长星（彗星）："长星，劝尔一杯酒，自古何时有万岁天子？"可是一般的天子或近似天子的人都喜欢听人高呼万岁无疆！

除了将要谙吉纳采交换庚帖之外，对于别人的真实年龄根本没有多加探讨的必要。但是我们的习俗，于请教"贵姓""大名""府上"之后，有时就会问起"贵庚""高寿"。有人问我多大年纪，我据实相告"七十八岁了"。他把我上下打量，摇摇头说："不像，不像，很健康的样子，顶多五十。"好像他比我自己知道得更清楚。那是言不由衷的恭维话，我知道，但是他有意无意地提醒了我刚忘记了的人生四苦。能不能不提年龄，说一些别的，如今天天气之类？

女人的年龄是一大禁忌，不许别人问的。有一位女士很旷达，人问其芳龄，她据实以告："三十以上，八十以下。"其实人的年龄不大容易隐秘，下一番考证功夫，就能找出线索，虽不中亦不远矣。这样做，除了满足好奇心以外，没有多少意义。可是人就是好奇。有一位男士在咖啡厅里邂逅一位女士，在暗暗的灯光之下他实在摸不清对方的年龄，他用臂肘触了我一下，偷偷地在桌下伸出一只巴掌，戟张着五指，低声问我有没有这个数目，我吓了一跳，以为他要借五万块钱，原来他是打听对方芳龄有无半百。我用四个字回答他："干卿底事？"有一位道行很高的和尚，涅槃的时候据说有一百好几十岁，考证起来聚讼纷纷。据我看，估量女士的年龄不妨从宽，七折八折优待。计算高僧的年龄也不妨从宽，多加三成五成。

人到了迟暮，如石火风灯，命在须臾，但是仍不喜欢别人预言他的大限。丘吉尔八十岁过生日，一位冒失的新闻记者有意讨好地说："丘吉尔先生，我今天非常高兴，希望我能再来参加你的九十岁的生日宴。"丘吉尔耸了一下眉毛说："小伙子，我看你身体蛮健康的，没有理由不能来参加我九十岁的宴会。"胡适之先生素来善于言辞，有时也不免说溜了嘴，他六十八岁时候来台湾，在一次欢宴中遇到长他十几岁的齐如山先生，没话找话地说："齐先生，我看你活到九十岁绝无问题。"齐先生愣了一下说："我倒有个故事：有一位矍铄老叟，人家恭维他可以活到一百岁，愤然作色曰：'我又不吃你的饭，你为什么限制我的寿数？'"胡先生急忙道歉："我说错了话。"

中年的妙趣,在于相当地认识人生,认识自己,从而做自己所能做的事,享受自己所能享受的生活。

钟表上的时针是在慢慢地移动着的,移动得如此之慢,使你几乎不感觉到它的移动,人的年纪也是这样的,一年又一年,总有一天会蓦然一惊,已经到了中年,到这时候大概有两件事使你不能不注意。讣闻不断地来,有些性急的朋友已经先走一步,很煞风景,同时又会忽然觉得一大批一大批的青年小伙子在眼前出现,从前也不知是在什么地方藏着的,如今一齐在你眼前摇晃,磕头碰脑的尽是些昂然阔步满面春风的角色,都像是要去吃喜酒的样子。自己的伙伴一个个地都入蛰了,把世界交给了青年人。所谓"耳畔频闻故人死,眼前但见少年多",正是一般人中年的写照。

从前杂志背面常有"韦廉士红色补丸"的广告，画着一个憔悴的人，弓着身子，手扶在腰上，旁边注着"图中寓意"四字。那寓意对于青年人是相当深奥的。可是这幅图画却常在一般中年人的脑里涌现，虽然他不一定想吃"红色补丸"，那点寓意他是明白的了。一根黄松的柱子，都有弯曲倾斜的时候，何况是二十六块碎骨头拼凑成的一条脊椎？年轻人没有不好照镜子的，在店铺的大玻璃窗前照一下都是好的，总觉得大致上还有几分姿色。这顾影自怜的习惯逐渐消失，以至于有一天偶然揽镜，突然发现额上刻了横纹，那线条是显明而有力的，像是吴道子的"莼菜描"，心想那是抬头纹，可是低头也还是那样。再一细看头顶上的头发有搬家到腮旁颔下的趋势，而最令人触目惊心的是，鬓角上发现几根白发，这一惊非同小可，平素一毛不拔的人到这时候也不免要狠心地把它拔去，拔毛连茹，头发根上还许带着一颗鲜亮的肉珠。但是没有用，岁月不饶人！

一般的女人到了中年，更着急。哪个年轻女子不是饱满丰润得像一颗牛奶葡萄，一弹就破的样子？哪个年轻女子不是玲珑矫健得像一只燕子，跳动得那么轻灵？到了中年，全变了。曲线都还存在，但满不是那么回事，该凹入的部分变成了凸出，该凸出的部分变成了凹入，牛奶葡萄要变成金丝蜜枣，燕子要变鹌鹑。最暴露在外面的是一张脸，从"鱼尾"起皱纹撒出一面网，纵横辐转，疏而不漏，把脸逐渐织成一幅铁路线最发达的地图，脸上的皱纹已经不是熨斗所能烫得平的，同时也不知怎么在皱纹之外还常常加上那么多的苍蝇屎。所以脂粉不可少。除非粪土之墙，没有不可污的道理。在原有的一张脸上再罩上一张脸，本是最简便的事。不过在上妆之前下妆之后，容易令人联想起《聊斋志异》的那一篇《画皮》而已。女人的肉好像最禁不起地心的吸力，一到中年便一齐松懈下来往下堆摊，成堆的肉挂在脸上，挂在腰边，挂在踝际。听说有许多西洋女子用擀面杖似的一根棒子早晚浑身乱搓，希望把浮肿的肉压得结实一点，又有些人干脆忌食脂肪忌食淀粉，扎紧裤带，活生生地把自己"饿"回青春去。有多少效果，我不知道。

别以为人到中年，就算完事。不，譬如登临，人到中年像是攀跻到了最高峰。回头看看，一串串的小伙子正在"头也不回呀汗也不揩"地往上爬。再仔细看看，路上有好多块绊脚石，曾把自己磕碰得鼻青脸肿，有好多处陷阱，使自己做了若干年的井底蛙。回想从前，自己做过扑灯蛾，惹火焚身，自己做过撞窗户纸的苍蝇，一心想奔光明，结果落在粘苍蝇的胶纸上！这种种景象的观察，只有站在最高峰上才有可能。向前看，前面是下坡路，好走得多。

施耐庵《水浒》序云："人生三十未娶，不应再娶；四十未仕，不应再仕。"其实"娶""仕"都是小事，不娶不仕也罢，只是这种说法有点中途弃权的意味。西谚云："人的生活在四十才开始。"好像四十以前，不过是几出配戏，好戏都在后面。我想这与健康有关。吃窝头米糕长大的人，拖到中年就算不易，生命力已经蒸发殆尽。这样的人焉能再娶？何必再仕？服"维他赐保命"都嫌来不及了。我看见过一些得天独厚的男男女女，年轻的时候愣头愣脑的，浓眉大眼，生僵挺硬，像是一些又青又涩的毛桃子，上面还带着挺长的一层毛。他们是未经琢磨过的璞石。可是到了中年，他们变得润泽了，容光焕发，脚底下像是有了弹簧，一看就知道是内容充实的。他们的生活像是在饮窖藏多年的陈酿，浓而芳冽！对于他们，中年没有悲哀。

四十开始生活,不算晚,问题在"生活"二字如何诠释。如果年届不惑,再学习溜冰踢毽子放风筝,"偷闲学少年",那自然有如秋行春令,有点勉强。半老徐娘,留着刘海,躲在茅房里穿高跟鞋当作踩高跷般地练习走路,那也是惨事。中年的妙趣,在于相当地认识人生,认识自己,从而做自己所能做的事,享受自己所能享受的生活。科班的童伶宜于唱全本的大武戏,中年的演员才能担得起大出的轴子戏,只因他到中年才能真懂得戏的内容。

老年

> 贤者识其大，不贤者识其小，各有各的算盘，大主意自己拿。最低限度，别自寻烦恼，别碍人事，别讨人嫌。

时间走得很均匀，说快不快，说慢不慢。不知从什么时候起在宴会中总是有人簇拥着你登上座，你自然明白这是离入祠堂之日已不太远。上下台阶的时候常有人在你肘腋处狠狠地搀扶一把，这是提醒你，你已到达了杖乡杖国的高龄，怕你一跤跌下去，摔成好几截。黄口小儿一晃的工夫就蹿高好多，在你眼前跌跌撞撞地跑来跑去，喊着阿公阿婆，这显然是在催你老。

其实人之老也，不需人家提示。自己照照镜子，也就应该心里有数。乌溜溜毛氄氄的头发哪里去了？由黑而黄，而灰，而斑，而耄耄然，而稀稀落落，而牛山濯濯，活像一只秃鹫。瓠犀一般的牙齿哪里去了？不是熏得焦黄，就是咧着罅隙，再不就是露出七零八落的豁口。脸上的肉七棱八瓣，而且平添无数雀斑，有时排列有序如星座，这个像大熊，那个像天蝎。下巴颏儿底下的垂肉变成了空口袋，捏着一揪，两层松皮久久不能恢复原状。两道浓眉之间有毫毛秀出，像是麦芒，又像是兔须。眼睛无端淌泪，有时眼角上还会分泌出一堆堆的桃胶凝聚在那里。总之，老与丑是不可分的。《尔雅》："黄发、齯齿、鲐背、耈老，寿也。"寿自管寿，丑还是丑。

老的征象还多得是。还没有喝忘川水，就先善忘。文字过目不旋踵就飞到九霄云外，再翻寻有如海底捞针。老友几年不见，觌面说不出他的姓名，只觉得他好生面善。要办事超过三件以上，需要结绳，又怕忘了哪一个结代表哪一桩事，如果笔之于书，又可能忘记备忘录放在何处。大概是脑髓用得太久，难免漫漶，印象当然模糊。目视茫茫，眼镜整天价戴上又摘下，摘下又戴上。两耳聋聩，无以与乎钟鼓之声，倒也罢了，最难堪是人家说东你说西。齿牙动摇，咀嚼的时候像反刍，而且有时候还需要戴围嘴。至于登高腿软，久坐腰酸，睡一夜浑身关节滞涩，而且睁着大眼睛等天亮，种种现象不一而足。

老不必叹，更不必讳。花有开有谢，树有荣有枯。桓温看到他"种柳皆已十围，慨然曰：'木犹如此，人何以堪！'攀枝执条，泫然流泪"。桓公是一个豪迈的人，似乎不该如此。人吃到老，活到老，经过多少狂风暴雨惊涛骇浪，还能双肩承一喙，俯仰天地间，应该算是幸事。荣启期说："人生有不见日月不免襁褓者。"所以他行年九十，认为是人生一乐。叹也无用，乐也无妨，生、老、病、死，原是一回事。有人讳言老，算起岁数来斤斤计较按外国算法还是按中国算法，好像从中可以讨到一年便宜。更有人老不歇心，怕以皤皤华首见人，偏要染成黑头。半老徐娘，驻颜无术，乃乞灵于整容郎中化妆师，隆鼻隼，抽脂肪，扫青黛眉，眼眶涂成两个黑窟窿。"物老为妖，人老成精。"人老也就罢了，何苦成精？

老年人该做老年事，冬行春令实是不祥。西塞罗说："人无论怎样老，总是以为自己还可以再活一年。"是的，这愿望不算太奢。种种方面的人欠欠人，正好及时做个了结。贤者识其大，不贤者识其小，各有各的算盘，大主意自己拿。最低限度，别自寻烦恼，别碍人事，别讨人嫌。

"有人问莎孚克利斯,年老之后还有没有恋爱的事,他回答得好:'上天不准!我好容易逃开了那种事,如逃开凶恶的主人一般。'"这是说,老年人不再追求那花前月下的旖旎风光,并不是说老年人就一定如槁木死灰一般的枯寂。人生如游山。年轻的男男女女携着手儿陟彼高冈,沿途有无限的赏心乐事,兴致淋漓,也可能遇到一些挫沮,歧路彷徨,不过等到日云暮矣,互相扶持着走下山冈,却正别有一番情趣。白居易《睡觉》诗:"老眼早觉常残夜,病力先衰不待年。五欲已销诸念息,世间无境可勾牵。"话是很洒脱,未免凄凉一些。五欲指财、色、名、饮食、睡眠。五欲全销,并非易事,人生总还有可留恋的在。江州司马泪湿青衫之后,不是也还未能忘情于诗酒吗?

诗人

> 一个人如果达到相当年龄，还不失赤子之心，经风吹雨打，方寸间还能诗意盎然，他是得天独厚，他是诗人。

有人说："在历史里一个诗人似乎是神圣的，但是一个诗人在隔壁便是个笑话。"这话不错。看着古代诗人画像，一个个的都是宽衣博带，飘飘欲仙，好像不食人间烟火的样子。《辋川图》里的人物，弈棋饮酒，投壶流觞，一个个的都是儒冠羽衣，意态萧然，我们只觉得摩诘当年，千古风流，而他在苦吟时堕入醋瓮里的那副尴尬相，并没有人给他写画流传。我们凭吊浣花溪畔的工部草堂，遥想杜陵野老典衣易酒卜居茅茨之状，吟哦沧浪，主管风骚，而他在耒阳狂啖牛炙白酒胀饫而死的景象，却不雅观。我们对于死人，照例是隐恶扬善，何况是古代诗人，篇章遗传，好像是痰唾珠玑，纵然有些小小乖僻，自当加以美化，更可资为谈助。王摩诘堕入醋瓮，是他自己的醋瓮，不是我们家的水缸，杜工部旅中困顿，累的是耒阳知县，不是向我家叨扰。一般人读诗，犹如观剧，只是在前台欣赏，并无须侧身后台打听优伶身世，即使剌听得多少奇闻逸事，也只合作为梨园掌故而已。

假如一个诗人住在隔壁，便不同了。虽然几乎家家门口都写着"诗书继世长"，懂得诗的人并不多。如果我是一个名利中人，而隔壁住着一个诗人，他的大作永远不会给我看，我看了也必以为不值一文钱，他会给我以白眼，我看他一定也不顺眼。诗人没有常光顾理发店的，他的头发做飞蓬状，做狮子狗状，做艺术家状。他如果是穿中装的，一定像是算命瞎子，两脚泥；他如果是穿西装的，一定是像卖毛毯子的白俄，一身灰；他游手好闲；他白昼做梦；他无病呻吟；他有时深居简出，闭门谢客；他有时终年流浪，到处为家；他哭笑无常；他饮食无度；他有时贫无立锥；他有时挥金似土。如果是个女诗人，她口里可以衔支大雪茄；如果是男的，他向各形各色的女人去膜拜。他喜欢烟、酒、小孩、花草、小动物——他看见一只老鼠可以作一首诗；他在胸口上摸出一只虱子也会作成一首诗。他的生活习惯有许多与人不同的地方。有一个人告诉我，他曾和一个诗人比邻，有一次同出远游，诗人未带牙刷，据云留在家里为太太使用，问之曰："你们原来共用一把吗？"诗人大惊曰："难道你们是各用一把吗？"

诗人住在隔壁，是个怪物，走在街上尤易引起误会。勃朗宁有一首诗《当代人对诗人的观感》，描写一个西班牙的诗人性好观察社会人生，以致被人误认为是一个特务，这是何等的讥讽！他穿的是一身破旧的黑衣服，手杖敲着地，后面跟着一条秃瞎老狗，看着鞋匠修理皮鞋，看人切柠檬片放在饮料里，看焙咖啡的火盆，用半只眼睛看书摊，谁虐打牲畜谁咒骂女人都逃不了他的注意——所以他大概是个特务，把观察所得呈报国王。看他那个模样儿，上了点年纪，那两道眉毛，亏他的眼睛在下面住着！鼻子的形状和颜色都像鹰爪。某甲遇难，某乙失踪，某丙得到他的情妇——还不都是他干下的事？他费这样大的心机，也不知得多少报酬。大家都说他回家用晚膳的时候，灯火辉煌，墙上挂着四张名画，二十名裸体女人给他捧盘换盏。其实，这可怜的人过的乃是另一种生活，他就住在芒桥边第三家，新油刷的一幢房子，全街的人都可以看见他交叉着腿，把脚放在狗背上，和他的女仆在打纸牌，吃的是酪饼水果，十点钟就上床睡了。他死的时候还穿着那件破大衣，没膝的泥,吃的是面包壳,脏得像一条熏鱼!

这位西班牙的诗人还算是幸运的,被人当作特务,在另一个国度里,这样一个形迹可疑的诗人可能成为特务的对象。

变戏法的总要念几句咒,故弄玄虚,增加他的神秘,诗人也不免几分江湖气,不是谪仙,就是鬼才,再不就是梦笔生花,总有几分阴阳怪气。外国诗人更厉害,作诗时能直接地祷求神助,好像是仙灵附体的样子。

一颗沙里看出一个世界,
一朵野花里看出一个天堂,
把无限抓在你的手掌里,
把永恒放进一刹那的时光。

若是没有一点慧根的人,能说出这样的鬼话吗?你不懂?你是蠢材!你说你懂,你便可跻身于风雅之林,你究竟懂不懂,天知道。

大概每个人都曾经有过做诗人的一段经验。在"怨黄莺儿作对,怪粉蝶儿成双"的时节,看花谢也心惊,听猫叫也难过,诗就会来了,如枝头舒叶那么自然。但是入世稍深,渐渐煎熬成为一颗"煮硬了的蛋",散文从门口进来,诗从窗户出去了。"嘴唇在不能亲吻的时候才肯唱歌"。一个人如果达到相当年龄,还不失赤子之心,经风吹雨打,方寸间还能诗意盎然,他是得天独厚,他是诗人。

诗不能卖钱。一首新诗,如捻断数根须即能脱稿,那成本还是轻的,怕的是像牡蛎肚里的一颗明珠,那本是一块病,经过多久的滋润涵养才能磨炼孕育成功,写出来到哪里去找顾主?诗不能给富人客厅里摆设做装潢,诗不能给广大的读者以娱乐。富人要的是字画珍玩,大众要的是小说戏剧。诗,短短一橛,充篇幅都不中用。诗是这样无用的东西,所以以诗为业的诗人,如住在你的隔壁,自然是个笑话。将来在历史上能否就成为神圣,也很渺茫。

客

人是永远不知足的。无客时嫌岑寂，有客时嫌烦嚣，客走后扫地抹桌又另有一番冷落空虚之感……"夜半待客客不至，闲敲棋子落灯花"，那种境界我觉得最足令人低回。

"只有上帝和野兽才喜欢孤独。"上帝吾不得而知之，至于野兽，则据说成群结党者多，真正孤独者少。我们凡人，如果身心健全，大概没有不好客的。以欢喜幽独著名的thoureau，他在树林里也给来客安排得舒舒帖帖。我常幻想着"风雨故人来"的境界，在风飒飒雨霏霏的时候，心情枯寂百无聊赖，忽然有客款扉，把握言欢，莫逆于心，来客不必如何风雅，但至少第一不谈物价升降，第二不谈宦海浮沉，第三不劝我保险，第四不劝我信教，乘兴而来，兴尽即返，这真是人生一乐。但是我们为客所苦的时候也颇不少。

很少的人家有门房，更少的人家有拒人千里之外的阍者，门禁既不森严，来客当然无阻，所以私人居处，等于日夜开放。有时主人方在厕上，客人已经升堂入室，回避不及，应接无术，主人鞠躬如也，客人呆若木鸡。有时主人方在用饭，而高轩贲止，便不能不效周公之"一饭三吐哺"，但是来客并无归心，只好等送客出门之后再补充些残羹剩饭。有时主人已经就枕，而不能不倒屣相迎。一天二十四小时之内，不知客人何时入侵，主动在客，防不胜防。

在西洋所谓客者是很稀罕的东西。因为他们办公有办公的地点，娱乐有娱乐的场所，住家专做住家之用。我们的风俗稍微不同一些。办公打牌吃茶聊天都可以在人家的客厅里随时举行的。主人既不能在座位上遍置针毡，客人便常有如归之乐。从前官场习惯，有所谓端茶送客之说，主人觉得客人应该告退的时候，便举起盖碗请茶，那时节一位训练有素的豪仆在旁一眼瞥见，便大叫一声："送客！"另有人把门帘高高打起，客人除了告辞之外，别无他法。可惜这种经济时间的良好习俗，今已不复存在，而且这种办法也只限于官场，如果我在我的小小客厅之内端起茶碗，由荆妻稚子在旁嘤然一声"送客"，我想客人会要疑心我一家都发疯了。

客人久坐不去,驱襄至为不易。如果你枯坐不语,他也许发表长篇独白,像个垃圾口袋一样,一碰就泄出一大堆,也许一根一根的纸烟不断地吸着,静听挂钟嘀嗒嘀嗒地响。如果你暗示你有事要走,他也许表示愿意陪你一道走。如果你问他有无其他的事情见教,他也许干脆告诉你来此只为闲聊天。如果你表示正在为了什么事情忙,他会劝你多休息一下。如果你一遍一遍地给他斟茶,他也许就一碗一碗地喝下去而连声说"主人别客气",乡间迷信,恶客盘踞不去时,家人可在门后置一扫帚,用针频频刺之,客人便会觉得有刺股之痛,坐立不安而去。此法有人曾经实验,据云无效。

"茶,泡茶,泡好茶;坐,请坐,请上坐。"出家人犹如此势利,在家人更可想而知。但是为了常遭客灾的主人设想,茶与座二者常常因客而异,盖亦有说。夙好牛饮之客,自不便奉以"水仙""云雾",而精研茶经之士,又断不肯尝试那"高末""茶砖"。茶卤加开水,浑浑满满一大盅,上面泛着白沫如啤酒;或漂着油彩如汽油,这固然令人恶心,但是如果名茶一盏,而客人并不欣赏,轻呷一口,盅缘上并不留下芬芳，留之无用，弃之可惜，这也是非常讨厌之事。所以客人常被分为若干流品，有能启用平素主人自己舍不得饮用的好茶者；有能享受主人自己日常享受的中上茶者；有能大量取用茶卤冲开水者，飨以"玻璃"者是为未入流。至于座处，自以直入主人的书房绣闼者为上宾，因为屋内零星物件必定甚多，而主人略无防闲之意，于亲密之中尚含有若干敬意，做客至此，毫无遗憾；次焉者廊前檐下随处接见，所谓班荆道故，了无痕迹；最下者则肃入客厅，屋内只有桌椅板凳，别无长物，主人着长袍而出，寒暄就座，主客均客气之至。在厨房后门伫立而谈者是为未入流。我想此种差别待遇，是无可如何之事，我不相信孟尝门客三千而待遇平等。

人是永远不知足的。无客时嫌岑寂，有客时嫌烦嚣，客走后扫地抹桌又另有一番冷落空虚之感，问题的症结全在于客的素质，如果素质好，则未来时想他来，既来了想他不走，既走想他再来；如果素质不好，未来时怕他来，既来了怕他不走，既走怕他再来。虽说物以类聚，但不速之客甚难预防。"夜半待客客不至，闲敲棋子落灯花"，那种境界我觉得最足令人低回。

在电车里

这位热心的先生,很看得起我,他把他的一只尊足踏在我的贱足上了。

我现在是在电车上。

我觉得电车不大稳当,于是未能免俗,把手伸起来拉住那个藤环,极力想把身体在电车的地板上作一个垂直线。我的身后有一位先生,占空间极多,而身体极矮,挂在藤环上,委实有一种为难的状态。我低头偷看,他的脚尖都立起来了。于是电车一摇,他的身体便像一个大冬瓜似的滚到我的身上。我受此压迫,我的身体便由一个垂直线斜到四十五度的样子。我为适应潮流,决不抵抗,你来压迫我,我便去压迫他。不过这位先生的喘息声,非常之大,令人未免有一点不很舒服的感想。

电车东摇西摇,像摇元宵似的。左旁座上有一位先生站起来了,他的意思大概想下车去。但是据我的观察,电车离站至少尚有四百四十码的样子。这位热心的先生,很看得起我,他把他的一只尊足踏在我的贱足上了。我深深对不起他,恐怕我的鞋子太硬了一点,他踏上去恐怕不十分舒服。我怎么晓得呢?因为他踏上之后,还瞪了我一眼似的,对于我的鞋子之硬深致不满。有两位女郎上车了。一位穿西装的戴大眼镜少年老远地立了起来让座。我那时真怪那女郎走得太慢,因为我身后的胖先生已经一眼瞥见这个空位,有不客气据为己有的趋势。这时候,真是千钧一发。女郎慢了一步,西装少年让出的座位,给胖先生占了。女郎笑了一下。西装少年的眼睛瞪得比他的眼镜还大出一轮。胖先生东望望西望望,有一点胜利的神情。西装少年眼里有两道火光,直射到胖先生身上,但是他有福气,他不觉得。

我付了电车票钱,卖票员不给我车票。他说声:"谢谢侬。"有人曾经告诉我,这是他揩油。又有人告诉我,他揩的是外国人的油,所以就是爱国。故此我对于那个卖票员油然起了一种敬意。

我真舍不得下车,车里的生活太有趣,但是我已到了目的地。我下车的时候,迎头撞进好几位先生,但是我极力夺门,终于能够平安地下了车,衣服、帽子、头颅完全无恙,亦云幸矣。

"旁若无人"

> 发音的器官是很复杂的,说话一分钟要有九百个动作,有一百块筋肉在弛张,但是大多数人似乎还嫌不足,恨不得嘴上再长一个扩大器。

在电影院里,我们大概都常遇到一种不愉快的经验。在你聚精会神地静坐着看电影的时候,会忽然觉得身下坐着的椅子颤动起来,动得很匀,不至于把你从座位里掀出去;动得很促,不至于把你颠摇入睡,颤动之快慢疾徐,恰好令你觉得他讨厌。大概是轻微地震吧?左右探察震源,忽然又不颤动了。在你刚收起心来继续看电影的时候,颤动又来了。如果下决心寻找震源,不久就可以发现,毛病大概是出在附近的一位先生的大腿上。他的足尖踏在前排椅撑上,绷足了劲,利用腿筋的弹性,很优游地在那里发抖。如果这拘挛性的动作是由于羊痫风一类的病症的暴发,我们要原谅他,但是不像,他嘴里并不吐白沫。看样子也不像是神经衰弱，他的动作是能收能发的，时作时歇，指挥如意。若说他是有意使前后左右两排座客不得安生，却也不然。全是陌生人无仇无恨，我们站在被害人的立场上看，这种变态行为只有一种解释，那便是他的意志过于集中，忘记旁边还有别人，换言之，便是"旁若无人"的态度。

"旁若无人"的精神表现在日常行为上者不只一端。例如欠伸，原是常事，"气乏则欠，体倦则伸"。但是在稠人广众之中，张开血盆巨口，做吃人状，把口里的獠牙显露出来，再加上伸胳臂伸腿如演太极，那样子就不免吓人。有人打哈欠还带音乐的，其声呜呜然，如吹号角，如鸣警报，如猿啼，如鹤唳，音容并茂，《礼记》："侍坐于君子，君子欠伸，撰杖屦，视日蚤莫，侍坐者请出矣。"是欠伸合于古礼，但亦以"君子"为限，平民岂可援引，对人伸胳臂张嘴，纵不吓人，至少令人觉得你是在逐客，或是表示你自己不能管制你自己的肢体。

邻居有叟，平常不大回家，每次归来必令我闻知。清晨有三声喷嚏，不只是清脆，而且洪亮，中气充沛，根据那声音之响我揣测必有异物入鼻，或是有人插入纸捻，那声音撞击在脸盆之上有金石声！随后是大排场的漱口，真是排山倒海，犹如骨鲠在喉，又似苍蝇下咽。再随后是三餐的饱嗝，一串串的嗝声，像是下水道不甚畅通的样子。可惜隔着墙没能看见他剔牙，否则那一份刮垢磨光的钻探工程，场面也不会太小。

这一切"旁若无人"的表演究竟是偶然突发事件，经常困扰人的乃是高声谈话。在喊救命的时候，声音当然不嫌其大，除非是脖子被人踩在脚底下，但是普通的谈话似乎可以令人听见为度，而无须一定要力竭声嘶地去振聋发聩。生理学家告诉我们，发音的器官是很复杂的，说话一分钟要有九百个动作，有一百块筋肉在弛张，但是大多数人似乎还嫌不足，恨不得嘴上再长一个扩大器。有个外国人疑心我们国人的耳鼓生得异样，那层膜许是特别厚，非扯着脖子喊不能听见，所以说话总是像打架。这批评有多少真理，我不知道。不过我们国人会嚷的本领，是谁也不能否认的。电影场里电灯初灭的时候，总有几声："哎哟，小三儿，你在哪儿啦？"在戏院里，演员像是演哑剧，大锣大鼓之声依稀可闻，主要的声音是观众鼎沸，令人感觉好像是置身蛙塘。在旅馆里，好像前后左右都是庙会，不到夜深休想安眠，安眠之后难免没有橡胶底的大皮靴，毫无惭愧地在你门前踱来踱去。天未大亮，又有各种市声前来侵扰。一个人大声说话，是本能；小声说话，是文明。以动物而论，狮吼、狼嗥、虎啸、驴鸣、犬吠，即是小如促织蚯蚓，声音都不算小，都不会像人似的有时候也会低声说话。大概文明程度愈高，说话愈不以声大见长。群居的习惯愈久，愈不容易存留"旁若无人"的幻觉。我们以农立国，乡间地旷人稀，畎亩阡陌之间，低声说一句"早安"是不济事的，必得扯长了脖子喊一声："你吃过饭啦？"可怪的是，在人烟稠密的所在，人的喉咙还是不能缩小。更令人诧异的是，纸驴嗓、破锣嗓、喇叭嗓、公鸡嗓，并不被一般地认为是缺陷，而且麻衣相法还公然地说，声音洪亮者主贵！

叔本华有一段寓言：一群豪猪在一个寒冷的冬天挤在一起取暖，但是它们的刺毛开始互相击刺，于是不得不分散开。可是寒冷又把它们驱在一起，于是同样的事故又发生了。最后，经过几番的聚散，它们发现最好是彼此保持相当的距离。同样地，群居的需要使得人形的豪猪聚在一起，只是他们本性中带刺的令人不快的刺毛使得彼此厌恶。

他们最后发现的使彼此可以相安的那个距离，便是那一套礼貌；凡违犯礼貌者便要受严词警告——用英语来说——请保持适当距离。用这方法，彼此取暖的需要只是相当的满足了，可是彼此可以不至互刺。自己有些暖气的人情愿走得远远的，既不刺人，又可不受人刺。

逃避不是办法。我们只是希望人形的豪猪时常地提醒自己：这世界上除了自己还有别人，人形的豪猪既不止我一个，最好是把自己的大大小小的刺毛收敛一下，不必像孔雀开屏似的把自己的刺毛都尽量地伸张。

辑二

试观今日之世界，还不是个饭碗文明

前代青年人的快心事是：『洞房花烛夜，金榜挂名时。』现代青年人的快心事是：不用多大的学问而找到一个理想的『饭碗』。

职业

> 俗语说:"三年讨饭,不肯做官。"实在是懒散惯了,受不得拘束。……退休是好事,求之不得,何必强迫?

　　职业,原指有官职的人所掌管的业务,引申为一切正当合法的谋生糊口的行当。一百二十行,乃至三百六十行,都可视为职业。纡青拖紫,服冕乘轩,固然是乐不可量的职业;引车卖浆,贩夫走卒之辈,也各有其职业。都是唻饭,唯其饭之精粗美恶不同耳。

　　宋沈括《梦溪笔谈》:"林君复多所乐,惟不能着棋。尝言:'吾于世间事,惟不能担粪与着棋耳。'"着棋与担粪并举,盖极形容二者皆为鄙事,表示不屑之意。在如今看来,担粪是农家子不可免的劳动,阵阵的木樨香固然有得消受,但是比起某一些蝇营狗苟的宦场中人之蛇行匍匐,看上司的嘴脸，其龌龊难当之状为何如？至于弈棋，虽曰小道，亦有可观，比饱食终日言不及义要好一些，且早已成为文人雅士的消遣，或称坐隐，或谓手谈。今则有职业棋士，犹拳击之有职业拳手。着棋也是职业。

我的职业是教书，说得文雅一点是坐拥皋比，说得难听一些是吃粉笔末。其实哪有皋比可坐，课室里坐的是冷板凳。前几年我的一位学生自澳洲来，贻我袋鼠皮一张，旋又有绵羊皮一张，在寒冷时铺在我房里的一把小小的破转椅上，这才隐隐然似有坐拥皋比之感。粉笔末我吃得不多，只因我懒，不大写黑板。教书好歹是个职业，至于在别人眼里这是什么样的一种职业，我也管不了许多。通常一般人说教书是清高的职业，我听了就觉得惭愧。"清"应该作"清寒"解，有一阵子所谓清寒教授在逢年过节的时候可以轮流领到小小一笔钱，是奖励还是慰问，我记不得了，我也叨领过一两次，具领之际觉得有一丝寒意，清寒的寒。至于"高"，更不知从何说起了，除非是指那座高高的讲台。

有些心直口快的人对于教书的职业做较彻底的评估。记得我在抗战胜利后返回家乡，遇到一位拐弯抹角的亲戚，初次谋面不免寒暄几句，他问我"在什么地方得意"，我据实以告，在某某学校教书，他登时脸色一变，随口吐出一句真言："啊，吃不饱，饿不死。"这似是实情，但也是夸张。以我所知，一般教授固然不能像东方朔所说"侏儒饱欲死"，也不见得都像杜工部所形容的"甲第纷纷厌粱肉，广文先生饭不足"，饭还是吃饱了的，没听说有谁饿死，顶多是脸上略有菜色而已。然而我听了这样率直的形容，好像是在人面前顿时矮了一截。在这"吃不饱饿不死"状态之下，居然延年益寿，拖了几十年，直到"强迫退休"之后又若干年的今天。说不定这正是拜食无求饱之赐。

有一回应邀参加一次宴会，举座几乎尽是权门显要，已经有"衣敝缊袍，与衣狐貉者立"的感觉，万没想到其中有一位却是学优而仕、平步青云的旧相识。他好像是忘了他和我一样在同一学校曾经执教，几杯黄汤下肚之后，他再也按捺不住，歪头苦笑睨我而言曰："你不过是一个教书匠，胡为厕身我辈间？"此言一出，一座尽惊。主人过意不去，对我微语："此公酒后，出言无状。"其实酒后吐真言，"教书匠"一语夙所习闻，只是尊俎间很少以此直呼。按教书而能成匠，亦非易事。必须对其所学了如指掌，然后才能运用匠心教人以规矩，否则直是庋家，焉能问世？我不认为教书匠是轻蔑语。

如今在学校教书，和从前不同，像马融"坐高堂，施绛纱帐，前授生徒，后列女乐"那样的排场，固然不敢想象，就是晚近三家村的塾师动不动拿起烟袋锅子敲脑壳的威风亦不复见。我小时候给老师送束脩，用大红封套，双手奉上，还要深深一揖。如今老师领薪，要自己到出纳室去，像工厂发工资一样。教师是佣工的性质。听说有些教师批改作文卷子不胜其烦，把批改的工作发包出去，大包发小包，居然有行有市。

尊师重道是一个理想，大概每年都有人口头上说一次。大学教授之"资深优良"者有奖，照章需要自行填表申请。我自审不合格，故不欲填表，但是有一年学校主事者认为此事与学校颜面有关，未征同意就代为申请了，列为是三十年资深优良教师之一。经层峰核可，颁发奖金匾额。我心里悬想，匾额之颁发或有相当仪式，也许像病家给医师挂匾，一路上吹吹打打，甚至放几声鞭炮，门口围上一些看热闹的人。我想错了。一切从简。门铃响处，一位工友满头大汗，手提一个相当大的镜框（比理发店墙上挂的大得多），问明主人姓氏，像是已经验明正身，把手中的镜框丢在地上，扬长而去。镜框里是四个大字（记不得是什么字了），有上款下款，朱印灿然。我叹息一声，把它放在我认为应该放置的地方。

教书这种职业有其可恋的地方。上课的时间少，空余的闲暇多；应付人事的麻烦少，读书进修的机会多。俗语说："三年讨饭，不肯做官。"实在是懒散惯了，受不得拘束。教书也是如此，所以我滥竽上庠，一蹭就是几十年，直到有一天听说法令公布，六十五岁强迫退休。退休是好事，求之不得，何必强迫？我立刻办理手续，当时真有朋友涕泣以告："此事万万使不得，赶快申请延期，因为一旦退休，生活顿失常态，无法消遣，不知所措。可能闷出病来，加速你的老化。"我没听。今已退休二十年，仍觉时间不够用，一天只有二十四小时。

退休给我带来一点小小的困扰。有一年要换新的身份证。我在申请表格职业栏里除原有的"某校教授"字样下面加添一个括弧，内书"退休"二字。办事的老爷大概是认为不妥。新身份证发下，职业一栏干脆是一个"无"字。又过几年，再换身份证，办事的老爷也许也发觉不妥，在

"无"字下又添了一个括弧,内书"退休"。其实职业一栏填个"无"字并不算错。本来以教书为业,既已退休,而且是当真退休,不是从甲校退休改在乙校授课,当然也就等于是无业,也可说是长期失业。只是"无业"二字,易与"游民"二字连在一起,似觉脸上无光。可是回心一想,也就释然。《大戴礼记·曾子立事第四十九》:"其少不讽诵,其壮不论议,其老不教诲,亦可谓无业之人矣。"我是道道地地的一个"无业之人"。

饭碗

> 衣食住是人生三大要素，而这三大要素全是从这个碗里长出来的，所以说，饭碗者不可须臾离也。

大热的天儿，在路上跑来跑去，汗下如浆，一个没留神还许来个虎烈拉，为的是什么？是饭碗。见人打躬作揖，未言先笑，日里受了委屈，回家向太太发气，为的是什么？是饭碗。衣食住是人生三大要素，而这三大要素全是从这个碗里长出来的，所以说，饭碗者不可须臾离也。

机警的人总不愁没有饭吃，打破了一只饭碗，他能立刻再换一只。捧着这只饭碗，就如同捧着祖先灵位一般，你若稍微敲着碰着他半点儿，他能同你拼小命！这患得患失的一副现象，真够瞧的。

饭碗有空实之分。哪怕你同时把着好几只饭碗,碗里没有饭,也是枉然!碗里饭只盛上五折六折,那你也是吃不饱。所以真善于吃饭的人,找饭碗的时候,不注重碗,而注重碗里头的饭。

理想的"饭碗"

夏有电扇,冬有暖炉,坐有软垫,
看有报纸;没事的时候,抽抽烟卷,
看看马路,听听鸟语,嗅嗅花香,
在红尘十丈之中,也算一个清凉的
世界。

前代青年人的快心事是:"洞房花烛夜,金榜挂名时。"现代青年人的快心事是:不用多大的学问而找到一个理想的"饭碗"。有人以为这不是一件易事。其实也并不难。这如同找理想的配偶或任何理想物一样,"踏破铁鞋无觅处,得来全不费工夫"。距离舍下不远的地方,就有好几个理想的"饭碗"出张所。

所里的先生们虽没有多大的学问,可也没有艄公们作揖打躬,颠头簸脑那样卖力;也没有堂倌们不出大门,日行千里那样辛苦;又不必像医师们起半夜,睡五更;更不必像律师们那样劳心苦虑,舌敝唇焦。他们不过一举手一移步之劳,就有人拿白花花的银币送上门来。休息的时间也很频数,若和每小时休息十分钟的课堂生活比较起来,有过之而无不及,确实合乎理想的卫生条件。

他们的职业环境——无论是物质的或是精神的——也不错。夏有电扇,冬有暖炉,坐有软垫,看有报纸;没事的时候,抽抽烟卷,看看马路,听听鸟语,嗅嗅花香,在红尘十丈之中,也算一个清凉的世界。和他们往来的人物中,有美人,有英雄,有哲人,有博士。对于美人与英雄,他们虽仔细端详,饱餐秀色,却没人拿问他们侮辱女性之罪;对于哲人与博士,他们也不妨施行"五权宪法"中之一权,寻些题目,口试一番。若是答案不满意,或态度骄矜,语言无味,他们会举起双拳,把被试者结结实实教训一顿。被试者若吃不住这一顿拳头,至多也不过请求罢手,断不致有还拳的轻举妄动。所以捧这个饭碗的人,精神上也是愉快非常,若能捧上十年,定可延寿一纪。

他们的收入,与所长(也就是所主)四六分摊。食,住,有时衣之一部分,由所长供给。所长富于德谟克拉西精神,与所员平等合作,兄弟相称。所员们的待遇一律平等,就是所长的干哥或所长夫人的介弟,也别无优待条件。

他们的贵业从未演过罢工流血的风潮，也不至于演中华书局最近演的那一幕。偶尔有人失业，也不难独立营生，或简直独树一帜，自立为所长。总而言之，这个饭碗充满了家庭工业时代的一切优点，毫不沾染工业革命的一切弊害。

据说，拣这饭碗的人都是优秀分子，虽然没有多大的学问。他们除正业而外，都有副业。他们的副业不是唱歌便是弄乐器。歌喉的圆润，只有顾夫人颈上挂着的那串珠子可以拿来做比方。每当月白风清，管弦竞奏的当儿，凡在十步以内的居民，无不被他们珠圆玉润的歌喉所吸引。叫座力之大，就叫老谭复生，也要活活气死。

当他们披上那件特制的白色外褂时，很有医师的架子了。若再戴上一个呼吸隔绝器，使执行职务时不与光顾者交换气流，那就活像一位医师，而光顾者恐怕更要踊跃呢。

他们的外貌，固然有医师般的尊严，而头衔也与医师、药剂师、画师、雕刻师、工程师、律师、会计师，或其他大师一样华贵。他们若是愿意，很可以在名片的右上角乌溜溜地印上这样一行宋体字："某某理发所理发师。"

挑痧匠

> 一个人病了若是不想活,旁人当然也很难挽留,不过求死的方法多端,一定要请挑痧匠来向未死的尸身刺两下,我不懂是怎样的一股思想。

如今的社会,是工作太多,人才太少,所以理发师于理发之余也要兼营挑痧匠的职务。老实说,理发师穿着白布褂子,奏刀弄剪,那一股神情的确也是有一点像医生,所以理发师兼挑痧匠,就外表来观察,也还勉强过得去。

但是挑痧与理发究竟是还有不能尽同之处。理发即是稍微蹩脚一点,把人家的脑袋收拾得像老窝瓜似的,甚而至于把眉毛剃下来,都还算是小错。挑痧则不然了,你若不管三七二十一恶狠狠的一针向病人心窝里一刺,好,痧倒是挑了,人可也是死了。这样一来,就算是犯了杀戒。

理发师而可以挑痧，固然可惊，而痧之可以"挑"，更为可惊。一个人病了若是不想活，旁人当然也很难挽留，不过求死的方法多端，一定要请挑痧匠来向未死的尸身刺两下，我不懂是怎样的一股思想。

挑痧匠至此将严重抗议曰：许多患痧的人并不是死于我们挑痧匠之手，你为什么单提出挑痧匠来挖苦？我将告诉他曰：谁叫你不老老实实地理发，反而担任这宗你力不胜任的兼差？

医生

> 天下是有不讲理的人,"医生治病不治命",但是打医生摘匾的事却也常有。

医生是一种神圣的职业,因为他能解除人的痛苦,着手成春。有一个人,有点老毛病,常常发作,闹得死去活来,只要一听说延医,病就先去了八分,等到医生来到,霍然而愈,试脉搏听心跳完全正常,医生只好愕然而退,延医的人真希望病人的痛苦稍延长些时。这是未着手就已成春的一例,可是医生一不小心,或是虽已小心而仍然错误,他随时也有机会减短人的寿命。据说庸医的药方可以辟鬼,比钟馗的像还灵,胆小的夜行人举着一张药方就可以通行无阻,因为鬼中有不少生前吃过那样药方的亏的,死后还是望而生畏。医生以济世活人为职志,事实上是掌握着生杀的大权的。

说也奇怪，在舞台上医生大概总是由丑角扮演的。看过《老黄请医》的人总还记得那个医生的脸上是涂着一块粉的。在外国也是一样，在莫里哀或是拉毕施的笔下，医生也是令人啼笑皆非的人物。为什么医生这样的不受人尊敬呢？我常常纳闷。

大概人在健康的时候，总把医药看作不祥之物，就是有点头昏脑热，也并不慌，保国粹者喝午时茶，通洋务者服阿司匹林，然后蒙头大睡，一汗而愈。谁也不愿常和医生交买卖。一旦病势转剧，伏枕哀鸣，深为造物小儿所苦，这时候就不能再忘记医生了。记得小时候家里延医，大驾一到，家人真是倒屣相迎，请人上座，奉茶献烟，环列伺候，毕恭毕敬，医生高踞上座并不谦让，吸过几十筒水烟，品过几盏茶，谈过了天气，叙过了家常，抱怨过了病家之多，此后才能开始他那一套望闻问切君臣佐使。再倒茶，再装烟，再扯几句闲话（这时节可别忘了偷偷地把"马钱"送交给车夫），然后恭送如仪。我觉得那威风不小。可是奉若神明也只限于这一短短的时期，一俟病人霍然，医生也就被丢在一旁。至于登报鸣谢悬牌挂匾的事，我总怀疑究竟是何方主使，我想事前总有一个协定。有一个病人住医

· 065 ·

院，一只脚已经伸进了棺木，在病人看来这是一件至关重要的事，在医生看来这是常见的事，老实说医生心里也是很着急的，他不能露出着急的样子，病人的着急是不能隐藏的，于是许愿说如果病瘳要捐赠医院若干若干，等到病愈出院早把愿心抛到九霄云外。医生追问他时，他说："我真说过这样的话吗？你看，我当时病得多厉害！"大概病人对医生没有多少好感，不病时以医生为不祥，既病则不能不委曲逢迎他，病好了，就把他一脚踢开，人是这样忘恩负义的一种动物，有几个人能像Androclus遇见的那只狮子？所以医生以丑角的姿态在舞台上出现，正好替观众发泄那平时不便表示的积愤。

可是医生那一方面也有许多别扭的地方。他若是登广告，和颜悦色地招徕主顾，立刻有人要挖苦他："你们要找庸医嘛，打开报纸一看便是。"所以他被迫采取一种防御姿势，要相当的傲岸。尽管门口鬼多人少，也得做出忙的样子。请他去看病，他不能去得太早，要等你三催六请，像大旱后之云霓一般而出现。没法子，忙。你若是登门求治，挂号的号码总是第九十几号，虽然不至于拉上自己的太太小姐，坐在候诊室里来壮声势，总得摆出一种排场，令你觉得他忙，忙得不能和你多说一句话。好像是算命先生如果要细批流年须要卦金另议一般。不过也不能一概而论，医生也有健谈的，病人尽管愁眉苦脸，他能谈笑风生。我还知道一些工于应酬的医生，在行医之前，先实行一套相法，把病人的身份打量一番，对什么样的人说什么样的话。明明是西医，他对一位老太婆也会说一套阴阳五行的伤寒论，对于愿留全尸的人他不坚持打针，对于怕伤元气的人他不用泻药。明明地不知病原所在，他也得撰出一篇相当的脉案的说明，不能说不知道，"你不知道就是你没有本事"，说错了病原总比说不出病原令出诊费的人觉得不冤枉些。大概发烧即是火，咳嗽就是风寒，有痰就是肺热，腰疼即是肾亏，大致总没有错。摸不清病原也要下药，医生不开方就不是医生，好在符箓一般的药方也不容易被病人辨认出来。因为这种种情形的逼迫，医生不能不有一本生意经。

生意经最精的是兼营药业，诊所附设药房，开了方子立刻配药，几十个瓶子配来配去变化无穷，最大的成本是那盛药水的小瓶，收费言无二价。出诊的医生随身带着百宝箱，灵丹妙药一应俱全，更方便，连药剂师都自兼了。

天下是有不讲理的人，"医生治病不治命"，但是打医生摘匾的事却也常有。所以话要说在前头，芝麻大的病也要说得如火如荼不可轻视，病好了是他的功劳，病死了怪不得人。如果真的疑难大症撞上门来，第一步先得说明来治太晚，第二步要模棱地说如果不生变化可保无虞，第三步是姑投以某某药剂以观后果，第四步是敬谢不敏另请高明，或是更漂亮地给介绍到某某医院，其诀曰"推"。

我并不责难医生。我觉得医生里面固然庸医不少，可是病人里面浑虫也很多。有什么样子的病人就有什么样的医生，天造地设。

乞丐

乞丐也有他的穷乐。我曾想象一群乞丐享用一只"花子鸡"的景况,我相信那必是一种极纯洁的快乐。

在我住的这一个古老的城里,乞丐这一种光荣的职业似乎也式微了。从前街头巷尾总点缀着一群三分像人七分像鬼的家伙,缩头缩脑地挤在人家房檐底下晒太阳,捉虱子,打瞌睡,啜冷粥。偶尔也有些个能挺起腰板,露出笑容,老远地就打躬请安,满嘴的吉祥话,追着洋车能跑上一里半里,喘得像只风箱。还有些扯着哑嗓穿行街巷大声地哀号,像是担贩的吆喝。这些人现在都到哪里去了?

据说,残羹剩饭的来源现在不甚畅了,大概是剩下来的鸡毛蒜皮和一些汤汤水水的东西都被留着自己度命了,家里的一个大坑还填不满,怎能把余沥去滋润别人!一个人单靠喝西北风是维持不了多久的。追车乞讨吗？车子都渐渐现代化，在沥青路上风驰电掣，飞毛腿也追不上。汽车停住，砰的一声，只见一套新衣服走了出来，若是一个乞丐赶上前去，伸出胳臂，手心朝上，他能得到什么？给他一张大票，他找得开吗？沿街托钵，呼天抢地也没有用。人都穷了，心都硬了，耳都聋了。偌大的城市已经养不起这种近于奢侈的职业。不过，乞丐尚未绝种，在靠近城市的大垃圾山上，还有不少同志在那里发掘宝藏，埋头苦干，手脚并用，一片喧阗。他们并不扰乱治安，也不侵犯产权，但是，说老实话，这群乞丐，无益税收，有碍市容，所以难免不像捕捉野犬那样地被提了去。饿死的饿死，老成凋谢，继起无人，于是乞丐一业逐渐衰微。

在乞丐的艺术还很发达的时候，有一个乞讨的妇人给我很深的印象。她的巡回的区域是在我们学校左边。她很知道争取青年，专以学生为对象。她看见一个学生远远地过来，她便在路旁立定，等到走近，便大喊一声"敬礼"，举手、注视、一切如仪。她不喊"爷爷""奶奶"，她喊"校长"，她大概知道新的升官图上的晋升的层次。随后是她的申诉，其中主要的一点是她的一个老母，年纪是八十。

她继续乞讨了五六年，老母还是八十。她很机警，她追随几步之后，若是觉得话不投机，她的申诉便戛然而止，不像某些文章那样啰唆。她若是得到一个铜板，她的申诉也戛然而止，像是先生听到下课铃声一般。这个人如果还活着，我相信她一定能编出更合时代潮流的一套新词。

我说乞丐是一种光荣的职业，并不含有鼓励懒惰的意思。乞丐并不是不劳而获的人，你看他晒得黧黑干瘦，跑得上气不接下气，何曾安逸，而且他取不伤廉，勉强维持他的灵魂与肉体不至涣散而已。他的乞食的手段不外两种：一种是引人怜，一是讨人厌。他满口"祖宗""奶奶"地乱叫，听者一旦发生错觉，自己的孝子贤孙居然沦落到这地步，恻隐之心就会油然而起。他若是背有瞎眼的老妈在你背后亦步亦趋，或是把畸形的腿露出来给你看，或是带着一窝的孩子环绕着你叫唤，或是在一块硬砖上稽颡在额上撞出一个大包，或是用一根草棍支着那有眼无珠的眼皮，或是像一个"人彘"似的就地擦着，或者申说遭遇，比"舍弟江南死，家兄塞北亡"还要来得凄怆，那么你那磨得梆硬的心肠也许要露出一丝的怜悯。怜悯不能动人，他还有一套讨厌的办法。他满脸的鼻涕眼泪，你越厌烦，他挨得越近，看看随时都会贴上去的样子，这时你便会情愿出钱打发他走开，像捐款做一桩卫生事业一般。不管是引人怜或是讨人厌，不过只是略施狡狯，无伤大雅。他不会伤人，他不会犯法；从没有一个人想伤害一个乞丐，他的那一把骨头，不足以当尊臂，从没有一种法律要惩治乞丐，乞丐不肯触犯任何法律所以才成为乞丐。乞丐对社会无益，至少也是并无大害，顶多是有一点有碍观瞻，如有外人参观，稍稍避一下也就罢了。有人认为乞丐是社会的寄生虫，话并不错，不过在寄生虫这一门里，白胖的多得是，一时怕数不到他吧？

　　从没有听说过什么人与乞丐为友，因而亦流于乞丐。乞丐永远是被认为现世报的活标本。他的存在饶有教育意义。无论交友多么滥的人，交不到乞丐，乞丐自成为一个阶级，真正的"无产"阶级（除了那只砂锅），乞丐是人群外的一种人。他的生活之最优越处是自由；鹑衣百结，无拘无束，街头流浪，无签到请假之烦，只求免于冻馁，富贵于我如浮云。所以俗语说："三年要饭，给知县都不干。"乞丐也有他的穷乐。我曾想象一群乞丐享用一只"花子鸡"的景况，我相信那必是一种极纯洁的快乐。Charles Lamb 对于乞丐有这样的赞颂：

褴褛的衣衫，是贫穷的罪过，却是乞丐的袍褂，他的职业的优美的标志，他的财产，他的礼服，他公然出现于公共场所的服装。他永远不会过时，永远不追在时髦后面。他无须穿着宫廷的丧服。他什么颜色都穿，什么也不怕。他的服装比桂格教派的人经过的变化还少。他是宇宙间唯一可以不拘外表的人。世间的变化与他无干。只有他屹然不动。股票与地产的价格不影响他。农业的或商业的繁荣也与他无涉，最多不过是给他换一批施主。他不必担心有人找他作保。没有人肯过问他的宗教或政治倾向。他是世界上唯一的自由人。

话虽如此，不到山穷水尽谁也不肯做这样的自由人。只有一向做神仙的，如李铁拐和济公之类，游戏人间的时候，才肯短期地化身为一个乞丐。

大学教授

> 一般的人若是生来没有什么大毛病，谁愿意坐冷板凳？但是"得天下之英才，而教育之，一乐也"！

有许多人，把所有的大学教授都看得很重，以为他们在品行上都是很清高的，在学问上更不消说。只要认清"博士""硕士"的招牌，便不致误。其实这是误会。由这种误会还许产生出许多失望和悲剧。

大学教授是一种职业，比较的还算是赚钱的职业。要说干这种生意，也不容易。从小的时候，父母就要下本钱，由买石板粉笔以至于出洋旅费，纵然不致倾家荡产，也要元气大伤。学成之后，应该不难于立身扬名以显父母，设若遭逢非时，沦为大学教授，总算是屈尊俯就，很委屈了。

一般的人若是生来没有什么大毛病,谁愿意坐冷板凳?但是"得天下之英才,而教育之,一乐也"!而天下之英才往往不在一个学校,所以身为大学教授者,也就往往身兼数校教授,多多益善,这完全是热心服务,薪金多寡,倒是一件小事。以现代人的眼光论,谁要是一辈子做大学教授,谁就是没出息!他们以为大学教授本是升官发财的路上的驻足之所。所以肯长进的人,等到有官可做、有财可发的时候,区区教授,便视如敝屣了。

若有思想迂腐的人说:"先生,你这不是误人子弟吗?"他将回答说:"是的,是的,不过当初人家也是照样误我来的,否则我也不来做教授了!"

招聘

> 思想顽固的人，常常不明了现代社会的组织法，动辄曰：人心不古。其实不尽然。人心不古者，只一部分人而已。

古代的人有时候求才若渴，只消你真有一点本领，往往不惜三顾茅庐，求你指教。如今这个时代，茅庐一天比一天地多起来，但是很少有人来光顾。住在茅庐里的人不免发急，因发急而看报，有时候竟在报上发现招聘经理、招聘书记等的广告。

若非自己的夫人没有兄弟，谁肯登报招聘经理？这是很明显的事。然而世界上不肯"以小人之心度君子之腹"的人尚未绝迹，所以有人招聘贤才，就有人欣然而往。

当经理有当经理的规矩，须要先交出多少的押款；做书记也有做书记的手续，须要先交出多少钱的报名费。这押款和报名费如数交付之后,你的责任就算尽了,不必再希望有什么下文。如其真有了下文,那也是足以令你哭一场的下文。

思想顽固的人,常常不明了现代社会的组织法,动辄曰:人心不古。其实不尽然。人心不古者,只一部分人而已;即如看见招聘广告而欣然应征的人们,他们的心仍是很古的。

开会

> 所以一提起开会来,我总是不大踊跃,别人打破我的脑壳,我觉得痛,我若照样打破别人的脑壳,我又赔不起。

昨日本报记前日《招商股东会之怪状》。文中的警句是:"赞成者则鼓掌如雷,反对者则怪鸣如枭,摩拳擦掌跃跃欲试者亦颇不乏人……主席只忸怩于台前……细微不能辨……旋有……代主席传声,其音时洪若钟,时尖如枭……无不捧腹……会场一变而市井不若……彼呼我骂……势成对垒……"这真是有声有色的一个会。而这样热闹的会恐怕还不见得是空前。

开会不是一件容易事,人人都要涵养有素,单讲这一层,就非从家庭教育入手不可。一个人一张嘴,一张嘴里说出一种道理来,谁的声音高便算是谁的理由足,在这种场合之下，涵养功夫稍微欠缺一点的人，难免就要感觉到言语之不足以表情，进而采取摩拳擦掌的姿势。所以一提起开会来，我总是不大踊跃，别人打破我的脑壳，我觉得痛，我若照样打破别人的脑壳，我又赔不起。然而，有事便不能不开会，开会亦即不能不有怪状。治本的方法是从小的时候，大家的家教都稍微严一点，治标的方法是限制开会的资格。例如不能等别人讲完话就要讲话的人，或讲话而不能不握拳头的人，少去开会为是。

升官图

> 尤其是升官图，是颇合现实的一种游戏，在无可奈何的环境中不失为利多弊少的玩意儿。

赵瓯北《陔余丛考》有这样一段：

世俗局戏，有升官图，开列大小官位于纸上，以明琼掷之，计点数之多寡，以定升降。按房千里有《骰子选格序》云："以穴骰双双为戏，更投局上，以数多少为进身职官之差，数丰贵而约贱，有为尉掾而止者，有贵为将相者，有连得美名而后不振者，有始甚微而俊然于上位者。大凡得失不系贤不肖，但卜其偶不偶耳。"此即升官图之所由本也。

这使我忆起儿时游戏的升官图，不过方法略有不同：门口打糖锣儿的就卖升官图，一张粗糙亮光的白纸，上面印满了由白丁、秀才、举人、进士,以至太师、太傅、太保的各种官阶。玩的时候,三五人均可,围着升官图,不用"明琼"(骰子之别称),用一个木质的方形而尖端的"拈拈转儿"。这拈拈转儿上面有四字"德、才、功、赃",一个字写在一面上,用手指用力一捻,就像陀螺似的旋转起来,倒下去之后看哪一个字在上面,德、才、功都有升迁,赃则贬抑。有时候学优则仕,青云直上,春风得意,加官晋爵。有时候宦情惨淡,官程蹭蹬,可能"事官千日,失在一朝",爬得高跌得重,虽贵为台辅,位至封疆,禁不住几个"赃"字,一连几个倒栽葱,官爵尽削,还为庶人。一个铜板就可以买一张升官图,可以玩个好半天。

民国建始,万象更新,不知哪一位现代主义者动脑筋动到升官图上,给它换了新装,秀才、举人、进士换了小学生、中学生、大学生,尚书换了部长,巡抚换了督军,而最高当局为总统、副总统、国务总理。官名虽然改变,升官的道理与升官的途径则一仍旧贯,所以我们玩起来并不觉得有什么异样,而且反觉得有更多的真实之感,纵然是游戏,亦未与现实脱节。

我曾想,儿童玩具有两样东西要不得,一个是各型各式的扑满,一个是升官图。扑满教人储蓄,储蓄是良好习惯,不过这习惯是不是应该在孩提时代就开始,似不无疑问。"饥荒心理"以后有的是培养的机会。长大成人之后,把一串串钱挂在肋骨上的比比皆是。升官图好像是鼓励人"立志做大官",也似乎不是很妥当的事。可是我现在不这样想了,尤其是升官图,是颇合现实的一种游戏,在无可奈何的环境中不失为利多弊少的玩意儿。

有人说"宦味同鸡肋",这语未免矫情。凡是食之无味的东西,弃之均不可惜。被人誉为"三绝诗书画,一官归去来"的那位先生就弃官如敝屣,只因做官要看三件难看的东西:犯人的屁股、女尸的私处和上司的面孔。俗语说:"一代为官,三辈子擂砖。"这话也未免过于偏激。自古以来,官清毡冷的事也是常有的。例如周紫芝《竹坡诗话》有一段记载,大意是说李京兆诸父中有一人,极廉洁,一日有家问,即令灭官烛,取私烛阅书,阅毕,命秉官烛如初。像这样兢兢自守的人,他的子孙会跪在当街用砖头擂胸口吗?所以,官,无论如何,是可以成为一种清白的高尚职业,要在人好自为之耳,升官图可能鼓舞人们做官的兴趣,有何不可?

升官图也可以说是有益世道人心，因为它指出了官场升黜的常规。要升官，没有旁门左道，必须经由德行、才能、事功三方面的优良表现，而且一贪赃必定移付惩戒，赏罚分明，毫无宽假，这就叫作官常。升官图只是谨守官常，此外并无其他苞苴之类的捷径可寻。假如官场像升官图一样简单，那就真是太平盛世了。升官之阶，首重在德，而才功次之，尤有深意。《宋史》记寇准与丁谓的一段故事："初丁谓出准门，至参政，事准甚谨，尝会食中书，羹污准须，谓起徐拂之。准笑曰：'参政国之大臣，乃为官长拂须邪？'谓甚愧之。"为官长拂须，与贪赃不同，并不犯法，但是究竟有伤品德。恐怕官场现形有甚于为官长拂须者。在升官图上贵为太师之后再捻到"德"字，便是"荣归"，即荣誉退休之意，这也是很好的下场，否则这一场游戏没完没散，人生七十才开始，岂不把人急煞！

不知道现在有没有新的更合时代潮流的升官图？

退休

> 理想的退休生活就是真正的退休,完全摆脱赖以糊口的职务,做自己衷心所愿意做的事。有人八十岁才开始学画,也有人五十岁才开始写小说,都有惊人的成就。

退休的制度,我们古已有之。《礼记·曲礼》:"大夫七十而致事。"致事就是致仕,言致其所掌之事于君而告老,也就是我们如今所谓的退休。礼,应该遵守,不过也有人觉得未尝不可不遵守。"礼岂为我辈设哉?"尤其是七十的人,随心所欲不逾矩,好像是大可为所欲为。普通七十的人,多少总有些昏聩,不过也有不少得天独厚的幸运儿,耄耋之年依然矍铄,犹能开会剪彩,必欲令其退休,未免有违笃念勋耆之至意。年轻的一辈,劝你们少安毋躁,棒子早晚会交出来,不要抱怨"我在,久压公等"也。

该退休而不退休,这种风气好像我们也是古已有之。

白居易有一首诗《不致仕》：

七十而致仕，礼法有明文。
何乃贪荣者，斯言如不闻。
可怜八九十，齿堕双眸昏。
朝露贪名利，夕阳忧子孙。
挂冠顾翠緌，悬车惜朱轮。
金章腰不胜，伛偻入君门。
谁不爱富贵，谁不恋君恩。
年高须告老，名遂合退身。
少时共嗤诮，晚岁多因循。
贤哉汉二疏，彼独是何人。
寂寞东门路，无人继去尘。

汉朝的疏广及其兄子疏受位至太子太傅、少傅，同时致仕，当时的"公卿大夫故人邑子设祖道，供张东都门外，送者车数百两，辞决而去。及道路观者皆曰：'贤哉二大夫！'或叹息为之下泣"，这就是白居易所谓的"汉二疏"。乞骸骨居然造成这样的轰动，可见这不是常见的事，常见的是"伛偻入君门"的"爱富贵""恋君恩"的人。白居易

"无人继去尘"之叹,也说明了二疏的故事以后没有重演过。

从前读书人十载寒窗,所指望的就是有一朝能春风得意,纡青拖紫,那时节踌躇满志,纵然案牍劳形,以至于龙钟老朽,仍难免有恋栈之情,谁舍得随随便便地就挂冠悬车?真正老骥伏枥志在千里的人是少而又少的,大部分还不是舍不得放弃那五斗米、千钟禄、万石食?无官一身轻的道理是人人知道的,但是身轻之后,囊橐也跟着要轻,那就诸多不便了。何况一旦投闲置散,一呼百诺的煊赫的声势固然不可复得,甚至于进入了"出无车"的状态,变成了匹夫徒步之士,在街头巷尾低着头逡巡疾走不敢见人,那情形有多么惨。一向由庶务人员自动供应的冬季炭盆所需的白炭,四时陈设的花卉盆景,乃至于琐屑如卫生纸,不消说都要突告来源断绝,那又情何以堪?所以一个人要想致仕,不能不三思,三思之后恐怕还是一动不如一静了。

如今退休制度不限于仕宦一途,坐拥皋比的人到了粉笔屑快要塞满他的气管的时候也要引退。不一定是怕他春风风人之际忽然一口气上不来,是要他腾出位子给别人尝尝人之患的滋味。在一般人心目中,冷板凳本来没有什么可留恋的，平素吃不饱饿不死，但是申请退休的人一旦公开表明要撤绛帐，他的亲戚朋友又会一窝蜂地惶惶然、戚戚然，几乎要垂泣而道地劝告说他："何必退休？你的头发还没有白多少，你的脊背还没有弯，你的两手也不哆嗦，你的两脚也还能走路……"言外之意好像是等到你头发全部雪白，腰弯得像是"？"一样，患上了帕金森症，走路就地擦，那时候再申请退休也还不迟。是的，是有人到了易箦之际，朋友们才急急忙忙地为他赶办退休手续，生怕公文尚在旅行而他老先生沉不住气，弄到无休可退，那就只好鼎惠恳辞了。更有一些知心的抱有远见的朋友们，会慷慨陈词："千万不可退休，退休之后的生活是一片空虚，那时候闲居无聊，闷得发慌，终日彷徨，悒悒寡欢……"把退休后生活形容得如此凄凉，不是没有原因的，因为平素上班是以"喝喝茶，签签到，聊聊天，看看报"为主，一旦失去喝茶签到聊天看报的场所，那是会要感觉无比的枯寂的。

理想的退休生活就是真正的退休，完全摆脱赖以糊口的职务，做自己衷心所愿意做的事。有人八十岁才开始学画，也有人五十岁才开始写小说，都有惊人的成就。"狗永远不会老得到了不能学新把戏的地步。"何以人而不如狗乎？退休不一定要远离尘嚣，遁迹山林，也无须隐藏人海，杜门谢客——一个人真正退休之后，门前自然车马稀。如果已经退休的人还偶然被认为有剩余价值，那就苦了。

辑三

大多数时候，人类单凭感觉活着

人逢不如意事,很少不勃然变色的。年少气盛,一言不合,怒气相加,但是许多年事已长的人,往往一样的火发暴躁。

笑

人类的生活除了努力做一些可敬
可爱、可歌可泣的大事业以外，
稍微匀出一点空间，大家笑一笑，
是很有益卫生的。

据一位生物学家说，笑是人类特有的一种技能，猿类也有时会笑，其他低能动物便很少能笑的了。所以约略说来，能笑与不能笑，是人与非人的一个分别。

有人观察的结果，从前现代的人渐渐不大肯笑了。当然，一个人在又凉又饿的时候，我们若勉强他笑，那个苦笑的脸儿，我们也不见得爱看。不过假使的确有可笑的事情或状态，放在眼前，一个身心健全的人自然会笑逐颜开，至少地不至于把脸部直着扯到八丈长。

不笑的人未必就是悲观者。真彻底的悲观者，他才会笑呢！他笑起来能够令人毛骨悚然！我们所希冀的是，人类的生活除了努力做一些可敬可爱、可歌可泣的大事业以外，稍微匀出一点空间，大家笑一笑，是很有益卫生的。至若可笑的事不能引人笑，甚或令人认真起来，那也无法，尽亦气数使然！

怒

人逢不如意事，很少不勃然变色的。年少气盛，一言不合，怒气相加，但是许多年事已长的人，往往一样的火发暴躁。

一个人在发怒的时候，最难看。纵然他平素面似莲花，一旦怒而变青变白，甚至面色如土，再加上满脸的筋肉扭曲，眦裂发指，那副面目实在不仅是可憎而已。俗语说，"怒从心上起，恶向胆边生"，怒是心理的也是生理的一种变化。人逢不如意事，很少不勃然变色的。年少气盛，一言不合，怒气相加，但是许多年事已长的人，往往一样的火发暴躁。我有一位姻长，已到杖朝之年，并且半身瘫痪，每晨必阅报纸，戴上老花镜，打开报纸，不久就要把桌子拍得山响，吹胡瞪眼，破口大骂。报上的记载，他看不顺眼。不看不行，看了怄气。这时候大家躲他远远的，谁也不愿逢彼之怒。过一阵雨过天晴，他的怒气消了。

诗云："君子如怒，乱庶遄沮；君子如祉，乱庶遄已。"这是说有地位的人，赫然震怒，就可以收拨乱反正之效。一般人还是以少发脾气少惹麻烦为上。盛怒之下，体内血球不知道要伤损多少，血压不知道要升高几许，总之是不卫生。而且血气沸腾之际，理智不大清醒，言行容易逾分，于人于己都不相宜。希腊哲学家爱比克泰德说："计算一下你有多少天不曾生气。在从前，我每天生气；有时每隔一天生气一次；后来每隔三四天生气一次；如果你一连三十天没有生气，就应该向上帝献祭表示感谢。"减少生气的次数便是修养的结果。修养的方法，说起来好难。另一位同属于斯多葛派的哲学家罗马的马可·奥勒留这样说："你因为一个人的无耻而愤怒的时候，要这样地问你自己：'那个无耻的人能不在这世界存在吗？'那是不能的。不可能的事不必要求。"坏人不是不需要制裁，只是我们不必愤怒。如果非愤怒不可，也要控制那愤怒，使发而中节。佛家把"嗔"列为三毒之一，"嗔心甚于猛火"，克服嗔恚是修持的基本功夫之一。燕丹子说："夏扶血勇之人，怒而面赤；宋意脉勇之人，怒而面青；武阳骨勇之人，怒而面白；光所知荆轲神勇之人，怒而色不变。"我想那神勇是从苦行修炼中得来的。生而喜怒不形于色，那天赋实在太厚了。

清朝初叶有一位李绂，著《穆堂类稿》，内有一篇《无怒轩记》，他说："吾年逾四十，无涵养性情之学，无变化气质之功，因怒得过，旋悔旋犯，惧终于忿戾而已，因以'无怒'名轩。"是一篇好文章，而其戒谨恐惧之情溢于言表，不失读书人的本色。

聋

> 别人议论我，我是听不见，可是我知道他在议论我，因为他斜着眼睛睨视我的那副神气不能使我没有感觉。

我写过一篇《聋》。近日聋且益甚。英语形容一个聋子，"聋得像是一根木头柱子""像是一条蛇""像是一扇门""像是一只甲虫""像是一只白猫"。我尚未聋得像一根木头柱子或一扇门那样。蛇是聋的，我听说过，弄蛇者吹起笛子就能引蛇出洞，使之昂首而舞，不是蛇能听，是它能感到音波的震动。甲虫是否也聋，我不大清楚。我知道白猫是绝对不聋的。

我们家的白猫王子，岂但不聋，主人回家时房门钥匙转动作响，它就会竖起耳朵蹿到门前来迎。我喊它一声，它若非故意装聋，便立刻回答我一声，我虽然听不见它的答声，我看得见它因作答而肚皮微微起伏。猫不聋，猫若是聋，它怎能捉老鼠，它叫春做啥？

我虽然没有全聋，可是也聋得可以。我对于铃声特别的难于听得入耳。普通的闹钟，响起来如蚊鸣，焉能唤醒梦中人。菁清给我的一只闹钟，铃声特大，足可以振聋发聩。我把它放在枕边。说也奇怪，自从有了这个闹钟，我还不曾被它闹醒过一次。因为我心里记挂着它，总是在铃响半小时之前先已醒来，急忙把闹钟关掉。我的心里有一具闹钟。里外两具闹钟，所以我一向放心大胆睡觉，不虞失时。

门铃就不同了。我家门铃不是普通一按就嗞嗞响的那种，也不是像八音盒似的那样叮叮当当的奏乐，而是一按就啾啾啾啾如鸟鸣。自从我家的那只画眉鸟死了之后，我久矣夫不闻爽朗的鸟鸣。如今门铃啾啾叫，我根本听不见。客人猛按铃，无人应，往往废然去。如果来客是事前约好的，我就老早在近门处恭候，打开大门，还有一层纱门，隔着纱门看到人影幢幢，便去开门迎客。"老聃之弟子，有亢仓子者，得聃之道，能以耳视而目听。"（《列子·仲尼》）耳视我办不到，目听则庶几近之。客人按铃，我听不见铃响，但是我看见有人按铃了。

电话对我又是一个难题。电话铃没有特大号的，而且打电话来的朋友大半都性急，铃响三五声没人应，他就挂断，好像人人都该随时守着电话机听他说话似的。凡是电话来，未必有好消息，也未必有什么对我有利之事。但是朋友往还，何必曰利？有人在不愿接电话的时间内，拔掉插头，铃就根本不会响。我狠不下这份心。无可奈何，我装上几个分机，书桌上、枕边、饭桌旁、客厅里。尽管如此，有时还是听不到铃响，俟听到时对方不耐烦而挂断了。

有一位好心的读者写信来说："先生不必为聋而烦恼，现在有一种新的办法，门铃或电话机上都可以装置一盏红色电灯泡，铃响同时灯亮。"我十分感谢这位读者对我的关怀。这也是以目代耳的办法，我准备采纳。不过较根本解决的办法，是大家体恤我的耳聋，不妨常演王徽之雪夜访戴的故事，而我亦绝不介意门可罗雀的景况之出现。需要一通情愫的时候，假纸笔代喉舌，写个三行五行的短笺，岂不甚妙？我最向往六朝人的短札，寥寥数语，意味无穷。

朋友们时常安慰我说："耳聋焉知非福？首先，这年头儿噪音太多，轰隆轰隆的飞机响，呼啸而过的汽车机车声，吹吹打打的丧车行列，噼噼啪啪的鞭炮，街头巷尾装扩音器大吼的小贩，舍前舍后成群结队的儿童锐声尖叫……这些噪音不听也罢，落得耳根清净。"话是不错，不过我尚无这么大的福分，尚未到泰山崩于前而不动声色的地步，种种噪音还是多多少少使我心烦。饶是我聋，我还向往古人帽子上簪笄两端悬着两块充耳琇莹，多少可以挡住一点噪音。

"'人嘴两张皮'，最好飞短流长，造谣生事，某某畸恋，某某婚变，某某逃亡，某某犯案，凡是报纸上的社会新闻都会说得如数家珍。这样长舌的人到处都有，令人听了心烦，你听不见也就罢了，你没有多少损失。至少有人骂你，挖苦你，讽刺你，你充耳不闻，当然也就不会计较，也就不会耿耿于怀，省却许多烦恼。"别人议论我，我是听不见，可是我知道他在议论我，因为他斜着眼睛睨视我的那副神气不能使我没有感觉。而且我知道他所议论的话，大概是谑而不虐、无伤大雅的，因为他议论风生的时候嘴角常是挂着一丝微笑，不可能含有多少恶意。何况这年头儿，难得有人肯当面骂人，凡是恶言恶语多半是躲在你背后说。所以，聋固然听不见人骂，不聋，也听不见。

有人劝我学习唇读法，看人的嘴唇怎样动就可以知道他说的是什么话。假如学会了唇读，我想也有麻烦，恐怕需要整天的睁一眼闭一眼，否则凡是嘴唇动的人你都会以目代耳，岂不烦死人？耳根刚得清净，眼根又不得安宁了。"吉人之辞寡，躁人之辞多。"难得遇到吉人，不如索性安于聋聩。

安于聋聩亦非易易。因为大家习惯了把我当作一个耳聪的人，并且不习惯于和一个聋子相处。看人嘴唇动，我可不敢唯唯否否，因为何时宜唯唯，何时宜否否，其间大有讲究。我曾经一律以点头称是来应付，结果闹出很尴尬的场面。我发现最好的应付方法是面部无表情，做白痴状。瞎子常戴黑眼镜，走路时以手杖探地，人人知道他是瞎子，都会躲着他。聋子没有标帜，两只耳朵好好的，不像是什么零件出了毛病的人。还有热心人士会附在我耳边窃窃私语，其实叽叽喳喳的耳语我更听不见，只觉得一口口的唾沫星子喷在我的脸上，而且只好听其自干。

沉默

所以处大居贵之士多半有一种特殊的本领，两眼望天，面部无表情，纵然你问他一句话，他也能听若无闻，不置可否。

我有一位沉默寡言的朋友。有一回他来看我，嘴边绽出微笑，我知道那就是相见礼，我肃客入座，他欣然就席。我有意要考验他的定力，看他能沉默多久，于是我也打破我的习惯，我也守口如瓶。两人默对，不交一语，壁上的时钟嘀嗒嘀嗒的声音特别响。我忍耐不住，打开一听香烟递过去，他便一支接一支地抽了起来，吧嗒吧嗒之声可闻。我献上一杯茶，他便一口一口地翕呷，左右顾盼，意态萧然。等到茶尽三碗，烟罄半听，主人并未欠伸，客人兴起告辞，自始至终没有一句话。这位朋友，现在已归道山，这一回无言造访，我至今不忘。想不到"闻所闻而来，见所见而去"的那种六朝人的风度，于今之世，尚得见之。

明张鼎思《琅琊代醉编》有一段记载:"刘器之待制对客多默坐,往往不交一谈,至于终日,客意甚倦,或请去,辄不听,至留之再三。有问之者,曰:'人能终日危坐,而不欠伸欹侧,盖百无一二,其能之者必贵人也。'以其言试之,人皆验。"可见对客默坐之事,过去亦不乏其例。不过所谓"主贵"之说,倒颇耐人寻味。所谓贵,一定要有副高不可攀的神情,纵然不拒人千里之外,至少也要令人生莫测高深之感,所以处大居贵之士多半有一种特殊的本领,两眼望天,面部无表情,纵然你问他一句话,他也能听若无闻,不置可否。这样的人,如何能不贵?因为深沉的外貌,正好掩饰内部的空虚,这样的人最宜于摆在庙堂之上。《孔子家语》明明地写着,孔子"入太祖后稷之庙,庙堂右阶之前有金人焉,三缄其口,而铭其背曰:'古之慎言人也。'"这庙堂右阶的金人,不是为市井佃民做榜样的。

謇谔之臣,骨鲠在喉,一吐为快,其实他是根本负有进谏之责,并不是图一时之快。鸡鸣犬吠,各有所司,若有言官而钳口结舌,宁不有愧于鸡犬?至于一般的仁人君子,没有不愤世忧时的,其中大部分悯默无言,但间或也有"宁鸣而死,不默而生"的人。这样的人可使当世的人为之感唱，为之击节，他不能全名养寿，他只能在将来历史上享受他应得的清誉罢了。在有"不发言的自由"的时候而甘愿放弃这一项自由，这也是个人的自由。在如今这个时代，沉默是最后的一项自由。

有道之士，对于尘劳烦恼早已不放在心上，自然更能欣赏沉默的境界。这种沉默，不是话到嘴边再咽下去，是根本没话可说，所谓"知者不言，言者不知"。世尊在灵山会上，拈花示众，众皆寂然，唯伽叶尊者破颜微笑，这会心微笑胜似千言万语。莲池大师说得好："世间酽醢醇醴，藏之弥久而弥美者，皆由封锢牢密不泄气故。古人云：'二十年不开口说话，向后佛也奈何你不得。'旨哉言乎！"二十年不开口说话，也许要把口闷臭，但是吾言道断之后，性水澄清，心珠自现，没有饶舌的必要。基督教Carthusian教派也是以沉默静居为修行法门，经常彼此不许说话。"此中有真意，欲辩已忘言。"

庄子说："吾安得夫忘言之人而与之言哉！"现在想找真正懂得沉默的朋友，也不容易了。

如意

> 人生不如意事常八九，哪里会有这样随心所欲的宝贝？《琅嬛记》一书姑妄言之。

近得暇到故宫博物院，其中特辟一室陈列如意，使我大开眼界。幼时见家里藏有两具如意，一大一小，大者制作颇精，柄为木质，顶端是一块很大的白玉，雕有云纹，做灵芝草状，中间及尾端又各镶较小的一块白玉，系有很长的丝线穗带。这一具如意装在玻璃锦匣里，放在上房条案的中央，好像很神圣的样子，当时不知道是做何用的。后来家里办喜事，文定之日致送聘礼，第一件即是这具如意，随后才是首饰、食物之类。后来又随同妆奁而又送了回来。这当然是取其吉祥如意的意思。我们中国人就是喜欢文字游戏，所以枣子、花生、桂圆、栗子四种干果，缝在被褥的四角里，便是象征"早生贵子"的吉祥话。可是如意本来是做什么的我还是不知道。

《琅嬛记》有一段说："昔有贫士多阴德，遇道士，送与一物，谓之如意，凡心有所欲，一举之顷，随即如意，因即以名之也。"如此说来，如意是道士手中的一种道具，其作用仿佛据说是《天方夜谭》中的阿拉丁神灯了。人生不如意事常八九，哪里会有这样随心所欲的宝贝？《琅嬛记》一书姑妄言之。不过如意是道士所用的一种道具大概是不假。

《世说新语·汰侈》："石崇与王恺争豪……武帝，他之甥也，每助恺，尝以一珊瑚树高二尺许赐恺，枝柯扶疏，世罕其比。恺以示崇，崇视讫，以铁如意击之，应手而碎。……"原来如意是铁做的。《晋书·王敦传》，记王大将军酒后高歌"以如意打唾壶为节，壶口尽缺"。可见如意也是手边常备的一件东西，不仅是道士的道具。而且最早的如意是铁做的，玉如意显然是后来的变化，由实用之物变为装饰品。所以宋人高承所撰《事物纪原》什物器用部所说："吴时，秣陵有掘得铜匣，开之得白玉如意，所执处皆刻螭彪蝇蝉等形。胡综谓，秦始皇东游埋宝，以当王气，则此也。盖如意之始，非周之旧，当战国事尔。"这一段话恐不足信。《图书集成考工典》的解释较为近情,"如意,古人用以指画向往,或防不测,链铁为之"。佛家讲演所持曰如意杖,同时背部搔痒之具亦曰如意。《释氏要览》谓:"梵名阿那律(Anurubbha),秦言如意。《指归》云,古之爪杖也,云云。用以搔抓,如人之意,故曰如意。"所谓《指归》,系《音义指归》,其原文是"如意者,古之爪杖也,或用竹木削作人手指,爪柄可长三尺许。或背脊有痒,手不能到,用以搔爬如人之意"。总之,如意原是日常用具,以后逐渐变质,变成为繁复珍奇之陈设或馈赠品。可惜的是故宫博物院所展出者全是大内收藏的近代之较华丽者,而较古朴原始之如意概付阙如,览者未能窥见如意形式之演变。幸室中备有中英文之"如意特展说明",叙述简要明了,可使览者略知梗概。

看了那么多的如意,金玉、翡翠、玛瑙、珊瑚,有美皆具,无丽不臻,有感于我们以往典章文物之盛,装饰工艺之精,不禁兴起思古之幽情,但是这一切皆已成为陈迹,而且保留至今的这些样品也只能放在玻璃里供人欣赏,目前与广大民众实际生活发生关系的工艺作品,其粗陋恶劣在国际上已不复为人所重视。现在台湾也有搔背之具,竹制的、塑胶的到处都有,但是能说那是工艺品吗?

寂寞

在这种境界中,我们可以在想象中
翱翔,跳出尘世的渣滓,与古人游。
所以我说,寂寞是一种清福。

    寂寞是一种清福。我在小小的书斋里,焚起一炉香,袅袅的一缕烟线笔直地上升,一直戳到顶棚,好像屋里的空气是绝对的静止,我的呼吸都没有搅动出一点波澜似的。我独自暗暗地望着那条烟线发怔。屋外庭院中的紫丁香树还带着不少嫣红焦黄的叶子,枯叶乱枝落时的声响可以很清晰地听到,先是一小声清脆的折断声,然后是撞击着枝干的磕碰声,最后是落到空阶上的拍打声。这时节,我感到了寂寞。在这寂寞中我意识到了我自己的存在——片刻的孤立的存在。这种境界并不太易得,与环境有关,但更与心境有关。寂寞不一定要到深山大泽里去寻求,只要内心清净,随便在市廛里、陋巷里,都可以感觉到一种空虚悠逸的境界，所谓"心远地自偏"是也。在这种境界中，我们可以在想象中翱翔，跳出尘世的渣滓，与古人游。所以我说，寂寞是一种清福。

在礼拜堂里我也有过同样的经验。在伟大庄严的教堂里，从彩画玻璃窗透进一股不很明亮的光线，沉重的琴声好像是把人的心都洗淘了一番似的，我感觉到了我自己的渺小。这渺小的感觉便是我意识到自己存在的明证，因为平常连这一点点渺小之感都不会有的！

我的朋友萧丽先生卜居在广济寺里，据他告诉我，在最近一个夜晚，月光皎洁，天空如洗，他独自踱出僧房，立在大雄宝殿前的石阶上，翘首四望，月色是那样的晶明，苍郁的树是那样的静止，寺院是那样的肃穆。他忽然顿有所悟，悟到永恒，悟到自我的渺小，悟到四大皆空的境界。我相信一个人常有这样经验，他的胸襟自然豁达寥阔。

但是寂寞的清福是不容易长久享受的。它只是一瞬间的存在。世间有太多的东西不时地在提醒我们，提醒我们一件煞风景的事实：我们的两只脚是踏在地上的呀！一头苍蝇撞在玻璃窗上挣扎不出,一声"老爷太太可怜可怜我这瞎子吧",都可以使我们从寂寞中间一头栽出去,栽到苦恼烦躁的旋涡里去,至于"催租吏"一类的东西之打上门来,或是"石壕吏"之类的东西半夜捉人,其足以使人败兴生气,就更不待言了。这还是外界的感触,如果自己的内心先六根不净,随时都意马心猿,则虽处在最寂寞的境地里,他也是慌成一片、忙成一团,六神无主,暴躁如雷,他永远不得享受寂寞的清福。

如此说来,所谓"寂寞"不即是一种唯心论,一种逃避现实的现象吗?也可以说是。一个高蹈隐遁的人,在从前的社会里还可以存在,而且还颇受人敬重,在现在的社会里是绝对的不可能。现在似乎只有两种类型的人了,一是在现实的泥淖中打转的人,一是偶然也从泥淖中昂起头来喘几口气的人。寂寞便是供人喘息的几口清新空气,喘过几口气之后还得耐心地低头钻进泥淖里去。所以我对于能够昂首物外的举动并不愿再多苛责。逃避现实,如果现实真能逃避,吾寤寐以求之!

有过静坐经验的人该知道,最初努力把握着自己的心,叫它什么也不想,那是多么困难的事!那是强迫自己入于寂寞的手段,所谓"参禅""入定"全属于此类。我所赞美的寂寞,稍异于是。我所谓的"寂寞",是随缘偶得,无须强求,一刹那间的妙悟也不嫌短,失掉了也不必怅惘。但是我有一刻寂寞时,我要好好地享受它。

不亦快哉

索性呼朋引类乘昏夜越墙而入，放放心大胆，各尽所能，各取所需，饱餐一顿。松鼠偷葡萄，何须问主人，不亦快哉！

金圣叹作"三十三不亦快哉"，快人快语，读来亦觉快意。不过快意之事未必人人尽同，因为观点不同时势有异。就观察所及，试编列若干则如下。

其一，晨光熹微之际，人牵犬（或犬牵人），徐步红砖道上，呼吸新鲜空气，纵犬奔驰，任其在电线杆上或新栽树上便溺留念，或是在红砖上排出一摊狗屎以为点缀。庄子曰：道在屎溺。大道无所不在，不简秽贱，当然人犬亦应无所差别。人因散步而精神爽，犬因排泄而一身轻，而且可以保持自己家门以内之环境清洁，不亦快哉！

其一，烈日下行道上，口燥舌干，忽见路边有卖甘蔗者，急忙买得两根，一手挥舞，一手持就口边，才咬一口即入佳境，随走随嚼，旁若无人，蔗滓随嚼随吐。人生贵适意，兼可为"你丢我捡"者制造工作机会，潇洒自如，不亦快哉！

其一，早起，穿着有条纹的睡衣裤，趿着凉鞋，抱红泥小火炉置街门外，手持破蒲扇，对着火炉徐徐扇之，俄而浓烟上腾，火星四射，直到天地氤氲，一片模糊。烟火中人，谁能不事炊爨？这是表示国泰民安，有米下锅，不亦快哉！

其一，天近黎明，牌局甫散，匆匆登车回府。车进巷口距家门尚有三五十码之处，任司机狂按喇叭，其声呜呜然，一声比一声近，一声比一声急，门房里有人竖着耳朵等候这听惯了的喇叭声已久，于是在车刚刚开到之际，两扇黑漆大铁门呀然而开，然后又轰的一声关闭。不费吹灰之力就使得街坊四邻矍然惊醒，翻个身再也不能入睡，只好瞪着大眼等待天明。轻而易举地执行了牝鸡司晨的事务，不亦快哉！

其一，放学回家，精神愉快，一路上和伙伴们打打闹闹、说说笑笑，尚不足以畅叙幽情，忽见左右住宅门前都装有电铃，铃虽设而常不响，岂不形同虚设？于是举臂舒腕，伸出食指，在每个钮上按戳一下。随后，就有人仓皇应门，有人倒屣而出，有人厉声叱问，有人伸头探问而瞠目结舌。躲在暗处把这些现象尽收眼底，略施小技，无伤大雅，不亦快哉！

其一，隔着墙头看见人家院内有葡萄架，结实累累，虽然不及"草龙珠"那样圆、"马乳"那样长、"水晶"那样白，看着纵不流涎三尺，亦觉手痒。爬上墙头，用竹竿横扫之，狼藉满地，损人而不利己，索性呼朋引类乘昏夜越墙而入，放心大胆，各尽所能，各取所需，饱餐一顿。松鼠偷葡萄，何须问主人，不亦快哉！

其一，通衢大道，十字路口，不许人行。行人必须上天桥，下地道，岂有此理！豪杰之士不理会这一套，直入虎口，左躲右闪，居然波罗蜜多达彼岸，回头一看天桥上黑压压的人群犹在蠕动，路边的警察戟指大骂，暴躁如雷，而无可奈我何。这时节颔首示意，报以微笑，扬长而去，不亦快哉！

其一，宋周紫芝《竹坡诗话》："……有一人，极廉介，一日有家问，即令灭官烛，取私烛阅书，阅毕，命秉官烛如初。"做官的人迂腐若是,岂不可嗤!衙门机关皆有公用之信纸信封,任人领用,从中抓起一叠塞入公事包里,带回家去,可供写私信、发请柬、寄谢帖之用,顺手牵羊,取不伤廉,不亦快哉!

其一,逛书肆,看书展,琳琅满目,真是到了琅嬛福地。趁人潮拥挤看守者穷于肆应之际,纳书入怀,携归细赏,虽蒙贼名,不失为雅,不亦快哉!

其一,电话铃响,错误常居十之二三,且常于高枕而眠之时发生,而其人声势汹汹,了无歉意,可恼可恼。在临睡之前或任何不欲遭受干扰的时间,把电话机翻转过来,打开底部,略做手脚,使铃变得喑哑。如是则电话可以随时打出去,而外面无法随时打进来,主动操之于我,不亦快哉!

其一,生儿育女,成凤成龙,由大学卒业,而漂洋过海,而学业有成,而落户定居,而缔结良缘。从此螽斯衍庆,大事已毕,允宜在报端大刊广告,红色套印,敬告诸亲友,兼令天下人闻知,光耀门楣,不亦快哉!

辑四

福字倒挂，福就真到了吗

我们中国的方块字，同音的太多。同音语好像并没有给我们带来什么极大的困难，倒是有人故意在同音语词中寻开心，找麻烦，「钟」「终」即是一例。

钟

这面钟没有给我送终，倒是六七年后，因空气潮湿而机器故障，我给钟送终了。

　　不知谁出的主意，重阳敬老。"礼多人不怪"，这也没有什么不好。照例，凡是年届耄耋的市民，市长具名致送一份礼物，算是敬老之具体表现。我已受过十几次这样的厚礼，包括茶杯、茶盘、盖碗、果盘、咖啡壶、饭碗、瓷寿桃、毛围巾之类。去年送的是时钟一具，礼物尚未出门，就先引起议论，有人"横挑鼻子竖挑眼"，说"钟""终"二字同音，不吉，何况是送给不久一定就要命终的老人？此言一出，为市长办事的人忙不迭地解释说，不是钟，是计时器。

　　这计时器终于送出来了，而我至今并未收到。起初还盼望，想看看什么叫作计时器。是沙漏，是水漏，还是什么别的新鲜玩意儿？一天天过去，就是不见这份礼物送上门来。我知道，市长有他的左右，下面有局长，局长下面有科长，科长下面有科员、办事员，以至于雇员，办事讲究分层负责，随便哪一层出一点纰漏，或是区公所的办事人，或是公寓管理员，出一点什么差池，这个计时器就可能送不到小民的手中。我当然不便追索。向谁追索？去年的礼物没收到，还有今年的呢。

我不忌讳钟。前些年我搬家，就有朋友送我一个很大的壁钟，钟面四周饰以金光闪耀的四射光芒，很像古代美洲印卡族所崇拜的太阳偶像。这面钟挂在壁上，发挥很大的功能，不仅使得蓬荜生辉，还使得枉驾的客人不至忘归。这面钟没有给我送终，倒是六七年后，因空气潮湿而机器故障，我给钟送终了。

我们中国的方块字，同音的太多。高本汉说："北京语实在是一种最可怜的方言，总共只有四百二十个音缀；普通的语词不下有四千个，这四千多个的语词，统须支配于四百二十个音缀当中。同音语词的增进，使听受者受了极大的困难，于此也可以想见了。"同音语好像并没有给我们带来什么极大的困难，倒是有人故意在同音语词中寻开心，找麻烦，"钟""终"即是一例。某省人好赌，忌讳输字，于是读书改称读胜。在某些地方，孩子若在麻将桌旁读书，被父母发现，会遭呵斥，认为那足以影响牌桌上的输赢。读书是好事，但是谁愿意赌输？我在四川的雅舍门前有两株高大的梨树，结梨很少，而且酸涩，但是花开时节，一片缟素，蔚为壮观，我们从未想到梨与离同音不祥，事实上抗战胜利圆满还乡；如今回想"雨打梨花深闭门"的景象犹为之低回不置。我回到北平之后，家里有两株梨树高过房檐，小白梨累累然高挂枝头，不幸家人误听谗言把两棵梨树连根砍去，但事实证明未能拯救我国破家亡、亲人离散的噩运！此地有一股歪风，许多人家喜欢挂"福"字的猩红斗方，而且把"福"字倒挂着，大概是仿效报纸上寻人启事之把"人"字倒写，都是利用"到""倒"二字同音，取个吉利。

福字倒挂，福就真到了吗？我到过一个人家，家道富有，陈设辉煌，可是一进玄关，迎面就是一个特大号的倒挂着的福字。我为之一惊。没过多久，这位福人驾鹤而去了！袁世凯本人并不忌讳元宵，奴才起哄，改称为汤团，可是八十三天之后袁氏仍然消灭了。

钟是很可爱的一样东西。由西方传进中土之后，一般家庭无不设置一座，名之为自鸣钟。我小时候，上房有一座大钟，东西厢房各一座小些的，都有玻璃罩，用大铜钥匙上弦，每隔一刻钟，叮叮地发出一串小声，每隔一小时，当当地发出几声大响，夜深人静的时候满院子有此起彼落的钟响。座钟高踞条案的中央，是房间里最触目的一件陈设。后来游三贝子花园，登畅观楼，看到满坑满谷的各式各样的自鸣钟，总有百十来具，都是洋鬼子进贡的，这才大开眼界。鹧鸪钟由一只小鸟按时跳出来布谷布谷地叫，叫完了又缩回去，觉得洋鬼子确有他们的一套奇淫技巧，洋鬼子给大皇帝贡方物，不避送终之嫌，大皇帝亦不以为忤，后来还聚拢起来供人参观。如今地方官致送计时器还有什么可批评的？遗憾的是我没得机会见识一番。

钥匙

> 费时、误事、伤财之外还不能不深自责悔，急出一头大汗。人孰无过，但是屡犯同样过失，只好自承为蠢。

扃门之锁曰钥，而启锁之器亦曰钥，二义易混，故又名后者为钥翠。翠音匙，今谓之钥匙。

大同之世夜不闭户，当然无须乎锁，从前人家，白昼都是大门敞开，门洞里两条懒凳，欢迎过往人等驻足小坐。到夜晚才关大门，门内有上下插关，此外通常还有一根粗壮的门闩，或竖顶，或横拦，就非常牢靠。只有人口少的小户人家，白天全家外出，门上才挂四两铁。

锁与钥匙最初的形式是简单而粗大，后来逐渐改良，乃有如今精致而小巧的模样。西洋锁有悠久的历史，古埃及和希腊都早有发明。晚近的耶鲁锁风行世界。锁与钥匙给人以种种方便，不仅可以扃门，钱柜、衣柜、书柜、货柜，都可以加锁。如果不嫌烦，冰箱、电视、抽屉、手提箱也可以加锁，甚至于有一种日记本也有锁，藏情书、珠宝的首饰箱也有锁。这种种方便，对于有意做贼的人却是不方便，而且对于主人有时也会引起不大不小的不方便。

最尴尬的情形之一是出门忘了带钥匙，而砰的一声弹簧锁把自己关在门外。我平均两年之内总有一次这样的蠢事。我没有忘记自己健忘，我为自己建立良好的习惯，把一束钥匙常串着放在裤袋里。自以为万无一失。有时候换服装，忘了掏出裤袋里的钥匙，而家人均已外出，其结果是只好在门口站岗，常是好几小时。找锁匠来开门也不是可以立办之事。费时、误事、伤财之外还不能不深自责悔，急出一头大汗。人孰无过，但是屡犯同样过失，只好自承为蠢。记得有一回把自己关在家门外，急得团团转，好不容易请到一位锁匠，不料他向门上瞄了一眼便掉头而去，他说："这样的锁，没法开。"我这才发现我们的门锁有一点古怪，钥匙是半圆形的，钥匙孔也是半圆形的，不知是哪一国的新产品。在这尴尬的情况中有一点沾沾自喜，我有一把不容易被人盗开的锁。

有一种不需钥匙的锁，所谓暗码锁。挂锁上面有四排字，四四十六个字，全无意义相连，转来转去把预定的四个字连成一排，锁就可以打开。这种锁已成古董了。保险箱式的暗码锁则是左转几下，右转几下，再左转几下，再右转几下，锁砉然打开。我曾有一个铝质衣柜就有暗锁，我怕忘了暗号，特把暗号写在日记本上。其实柜里没什么贵重东西，暗号锁的装置反倒启人疑窦。如果其中真有什么贵重东西，大力者负之而走，又将奈何？听说有一种锁设有电子装置，不需犬牙参差的钥匙，只要一个录有密码的磁带，插进去引动了锁中小小的电子发动机，锁自然打开。如今西方许多家庭车房大门之遥控电锁，当是这种锁之又进一步的发明，人坐在车里，老远地一按钮，车门自然地于隆隆声中自启或自闭。最新的发明是既不用钥匙亦不用按钮，只要主人大喊一声，锁便能辨出主人的声音，呀然而启。想《天方夜谭》四十大盗之"芝麻，开门！芝麻，开门！"亦不过如是。这都是属于尖端科技之类，一般大众一时尚无福消受，我们只好安于一束束的钥匙之缠身的累赘。

　　我相信每个人抽屉里都有一大把钥匙，大大小小，奇形怪状，而且是年代久远，用途不明。尤其是搬过几次家的人，必定残留一些这样的废物。这与竹头木屑不同，保存起来他日未必有用。

把钥匙分组系在一起不失为良好的办法。钥匙圈尚焉。虽说是小玩意儿，但有些个制作巧妙，颇具匠心。我的钥匙圈十来个都是我的小宠物，还不时地添置新宠。常用的有下述几个：

一、照片框，心爱的照片两幅剪下装进框内，其中一幅少不得是我和白猫王子的合照。

二、英文字母，自己的姓氏第一个字L，菁清的姓氏第一个字母H。

三、铜铃一对，放在袋内，走路时哗铃哗铃响。

四、小刀、折刀很有用，裁纸、削水果都用得着它。

五、指甲刀，指甲随时需要修剪，不可一日无此君。

六、小梳，有时候头发吹乱，小梳比五根手指有用。

七、饼干，方方的一块苏打饼干，微有烤焦斑痕，秀色可餐。

八、红中,一块红中麻将牌,可能是真的,角上穿孔系链。虽无麻将瘾,看了也好玩。

九、钱包,可以容纳硬币十枚八枚,打电话足够用。花样繁多,不备载。

电话

> 他们不知道充分利用电话,没有想到电话里可以喁喁情语,可以娓娓闲聊,可以聊个把钟头,可以霸占线路旁若无人。

清末民初的时候,北平开始有了电话,但是还不普遍。我家里在民国元年装了电话,我还记得号码是东局六八六号。那一天,我们小孩子都很兴奋,看电话局的工人们蹿房越脊牵着电线走如履平地,像是特技表演。那时候,一般人都称电话为德律风,当然是译音。但是清末某一些上海人的笔记,自作聪明,说德律风乃西洋某发明家之姓氏,因纪念他的发明,遂以他的姓氏名之。那时的电话不似现在的样式,是钉挂在墙上的庞然大物,顶端两个大铃像是瞪着的大眼睛,下面是一块斜木板,预备放纸笔什么的样子,再下面便像是隆起的大腹,里边是机器了。右手有个摇尺,打电话的时候要咕噜咕噜地猛摇一二十下,然后摘下左方的耳机,嘴对着当中的小喇叭说话、叫号。这样笨重的电话机,现在恐怕只有博物馆里才得一见了。外边打电话进来,铃声一响,举家惊慌奔走相告,有的人还不敢去接听,不知怕的是什么。

从前的人脑筋简单,觉得和老远老远的人说话一定要提高嗓门,生怕对方听不到,于是彼此对吼,声嘶力竭。他们不知道充分利用电话,没有想到电话里可以喁喁情语,可以娓娓闲聊,可以聊个把钟头,可以霸占线路旁若无人。我最近看见过一位用功的学生,一面伏案执笔,一面歪着脑袋把电话耳机夹在肩头上,口里不时念念有词,原来是在和他的一位同学长期交谈,借收切磋之效。老一辈的人,常以为电话多少是属于奇淫技巧一类,并不过分欣赏,顶多打个电话到长发号叫几斤黄酒,或是打个电话到宝华春叫一只烧鸭子的时候,不能不承认那份方便。至若闲来没事找个人聊天,则串门子也好,上茶馆也好,对面晤谈,有说有笑,何必性急,玩弄那个洋玩意儿?

后来电话渐渐普遍,许多人家由"天棚鱼缸石榴树"一变而为"电灯电话自来水"的局面。虽说最近有一处擦皮鞋的摊子都有了电话,究竟这还是一项值得一提的设备,房屋招租广告就常常标明带有电话。广告下不必说明"门窗户壁俱全",因为那是题中应有之义,而电话则不然了。

尽管电话还不够普遍,但是在使用上已有泛滥成灾之势。我有一位朋友颇有科学头脑,他在临睡之前在电话上做了手脚,外面打电话进来而铃不响,他可以安然地高枕而眠。我总觉得这有一点儿自私,自己随时打出去,而不许别人随时打进来。可是如果你好梦正酣,突被电话惊醒,大有可能对方拨错了号码,这时候你能不气得七窍生烟吗?如果你在各种最不便起身接电话的时候,而电话铃响个不停,你是否会觉得十分扫兴、狼狈、愤怒?有人给电话机装个插头,用时插上,不用时拔下,日夜安宁,永绝后患。我问他:"这样做,不怕误事吗?"他说:"误什么事?误谁的事?电话响,有如'夜猫子进宅',大概没有好事。"他的话不是无理,可是我狠不下心这样做。如果人人都这样的壁垒森严,电话就根本失效了,你打电话去怕也没有人接。

电话号码拨错,小事一件,贤者不免,本无须懊恼,可恼的是对方时常是粗声粗气,一觉得话不对头,便呱嗒一声挂断,好像是一位病危的人突然断气,连一声"对不起"都没来得及说,这时节要我这方面轻轻把耳机放好我也感觉为难。

电话机有一定装置的地方,或墙上,或桌上,或床头。当然也有在厨房或洗手间装有分机的。无论如何,人总有距离电话十尺、二十尺开外的时候,铃响之后,即使几个箭步蹿过去接,也需要几秒钟的时候。对方往往就不耐烦了,你刚拿起耳机,他已愤而断绝往来。有几个人能像一些机关大佬雇得起专管电话的女秘书?对方往往还理直气壮地责问下来:"为什么电话没有人接?"我需要诌出理由为自己的有亏职守勉强开脱。

电话打通,谁先报出姓名身份,没有关系,先道出姓名的一方不见得吃亏,偏偏有人喜欢捉迷藏。"喂,你是哪里?""你要哪里?""我要××××××号。""我这里就是。""×××在不在家?""你是哪一位?""我姓W。""大名呢?""我是×××。""好,你等一下。"这样枉费唇舌还算是干净利落,很可能话不投机,一时肝火旺,演变成为小规模的口角。还有比这个更烦人的:"喂,你猜我是谁?猜猜看!怎么连我的声音都听不出来?"对于这样童心未泯的戴着面具的人,只好忍耐,自承愚蠢。

电话不设防,谁都可以打进来。我有时不揣冒昧,竟敢盘诘对方的姓名身份,而得到的答话是:"我是你的读者。"好像读者有权随时打电话给作者,好像作者应该有"售后服务"的精神。我追问他有何见教,回答往往是:某一个英文字应该怎样讲、怎样读、怎样用;某一句话应该怎样译;再不就是问英文怎样可以学好。这总是好学之士,我不敢怠慢,请他写封信来,我当书面答复。此后多半是音讯杳然,大概他是认为这是小事,不值得一操翰墨吧。

衣裳

> 如果我们沉默不语,我们的衣裳与
> 体态也会泄露我们过去的经历。

莎士比亚有一句名言:"衣裳常常显示人品。"又有一句:"如果我们沉默不语,我们的衣裳与体态也会泄露我们过去的经历。"可是我不记得是谁了,他曾说过更彻底的话:我们平常以为英雄豪杰之士,其仪表堂堂确是与众不同,其实,那多半是衣裳装扮起来的。我们在画像中见到的华盛顿和拿破仑,固然是奕奕赫赫,但如果我们在澡堂里遇见二公,赤条条一丝不挂,我们会要有异样的感觉,会感觉得脱光了大家全是一样。这话虽然有点玩世不恭,确有至理。

中国旧式士子出而问世必须具备四个条件:一团和气,

两句歪诗，三斤黄酒，四季衣裳，可见衣裳是要紧的。我的一位朋友，人品很高，就是衣裳"普罗"一些，曾随着一伙人在上海最华贵的饭店里开了一个房间，后来走出饭店，便再也不得进去，司阍的巡捕不准他进去，理由是此处不施舍。无论怎样解释也不得要领，结果是巡捕引他从后门进去，穿过厨房，到账房内去理论。这不能怪那巡捕，我们几曾看见过看家的狗咬过衣冠楚楚的客人？

衣裳穿得合适，煞费周章，所以内政部礼俗司虽然绘定了各种服装的式样，也并不曾推行，幸而没有推行！自从我们剪了小辫儿以来，衣裳就没有了体制，绝对自由，中西合璧的服装也不算违警，这时候若再推行"国装"，只是于错杂分歧之中更加重些纷扰罢了。

李鸿章出使外国的时候，袍褂顶戴，完全是"满大人"的服装。我虽无爱于清朝章制，但对于他的不穿西装，确实是很佩服的。可是西装的势力毕竟太大了，到如今理发匠都是穿西装的居多。我忆起了二十年前我穿西装的一幕。那时候西装还是一件比较新奇的事物，总觉得有点"机械化"，其构成必相当复杂。一班几十人要出洋，于是西装逼人而来，试穿之日，适值严冬，或缺皮带，或无领结，或衬衣未备，或外套未成，但零件虽然不齐，吉期不可延误。所以一阵骚动，胡乱穿起，有的宽衣博带如稻草人，有的细腰窄袖如马戏丑，大体是赤着身体穿一层薄薄的西装裤，冻得涕泗交流，双膝打战，那时的情景足当得起"沐猴而冠"四个字。当然后来技术渐渐精进，有的把裤脚管烫得笔直，视如第二生命，有的在衣袋里插一块和领结花色相同的手绢，俨然像是一个绅士，猛然一看，国籍都要发生问题。

西装是有一定的标准的。譬如，做裤子的材料要厚，可是我看见过有人在光天化日之下穿夏布西装裤，光线透穿，真是骇人！衣服的颜色要朴素沉重，可是我见过著名自诩讲究穿衣裳的男子们，他们穿的是色彩刺目的宽格大条的材料，颜色惊人的衬衣，如火如荼的领结，那样子只有在外国杂耍场的台上才偶然看得见！大概西装破烂，固然不雅，但若崭新而俗恶则更不可当。所谓洋场恶少，其气味最下。

中国的四季衣裳，恐怕要比西装更麻烦些。固然西装讲究起来也是不得了的，历史上著名的一例，詹姆斯第一的朋友白金汉爵士有衣服一千六百二十五套。普通人有十套八套的就算很好了。中装比较的花样要多些，虽然终年一两件长袍也能度日。中装有一件好处，舒适。中装像是变形虫，没有一定的形式，随着穿的人身体变。不像西装，肩膀上不用填麻布使你冒充宽肩膀，脖子上不用戴枷系索，裤子里面有的是"生存空间"，而且冷暖平均，不像西装咽喉下面一块只是一层薄衬衣，容易着凉，裤子两边插手袋处却又厚至三层，特别郁热！中国长袍还有一点妙处，马彬和先生（英国人入我国籍）曾为文论之。他说这钟形长袍是没有差别的，平等的，一律地遮掩了贫富贤愚。马先生自己就是穿一件蓝长袍，他简直崇拜长袍。据他看，长袍不势利，没有阶级性，可是在中国，长袍同志也自成阶级，虽然四川有些抬轿的也穿长袍。中装固然比较随便，但亦不可太随便，例如脖子底下的纽扣，在西装可以不扣，长袍便非扣不可，否则便不合于"新生活"。再例如虽然在蚊虫甚多的地方，裤脚管亦不可放进袜筒里去，做绍兴师爷状。

男女服装之最大不同处，便是男装之遮盖身体无微不至，仅仅露出一张脸和两只手可以吸取日光紫外线，女装的趋势，则求遮盖愈少愈好。现在所谓旗袍，实际上只是大坎肩，因为两臂已经齐根划出。两腿尽管细直如竹筷，扭曲如松根，也往往一双双地摆在外面。袖不蔽肘，赤足裸腿，从前在某处都曾悬为厉禁，在某一种意义上，我们并不惋惜。还有一点可以指出，男子的衣服，经若干年的演化，已达到一个固定的阶段，式样色彩大概是千篇一律的了，某一种人一定穿某一种衣服，身体丑也好，美也好，总是要罩上那么一套。女子的衣裳则颇多个人的差异，仍保留大量的装饰的动机，其间大有自由创造的余地。既是创造，便有失败，也有成功。成功者便是把身体的优点表彰出来，把劣点遮盖起来；失败者便是把劣点显示出来，优点根本没有。我每次从街上走回来，就感觉得我们除了优生学外，还缺乏妇女服装杂志。不要以为妇女服装是琐细小事，法朗士说得好："如果我死后还能在无数出版书籍当中有所选择，你想我将选什么呢？……在这未来的群籍之中我不想选小说，亦不选历史，历史若有兴味亦无非小说。我的朋友，我仅要选一本时装杂志，看我死后一世纪中妇女如何装束。妇女装束之能告诉我未来的人文，胜过于一切哲学家、小说家、预言家及学者。"

衣裳是文化中很灿烂的一部分。所以，裸体运动除了在必要的时候之外（如洗澡等），我总不大赞成。

沙发

> 沙发是很令人舒适的,坐上去就好像是掉进一堆棉花里,又好像是偎在一个胖子的怀抱里,他把你搂得紧紧的,柔若无骨。

沙发是洋玩意儿,就字源讲,应该是从阿拉伯兴起来的,原来的意义,是指那种带靠垫与扶手的长椅而言。没见过沙发的人,可以到任何家具店玻璃窗前去看看,里面大概总蹲着几套胖墩墩的矮矮的挺威武的沙发。

沙发是很令人舒适的,坐上去就好像是掉进一堆棉花里,又好像是偎在一个胖子的怀抱里,他把你搂得紧紧的,柔若无骨。你坐上去之后,不由得把身体往后一仰,肚子一挺,两腿一跷,两只胳臂在两旁一搭,如果旁边再配上一个矮矮的小茶几,上面摆着烟、烟灰碟、报章杂志、盖碗茶,我想任何人都不会再想站起来。因此,沙发几乎成了一个中上阶层家庭里所不可少的一种设备。如果少了它，主人和客人就好像没有地方可以安置似的。一套沙发，三大件，怎么摆都成，一字长蛇也可以，像个衙门似的八字开着也可以，孤零零地矗立在屋子中央也可以，无往不利。有这么三大件就把一间屋子给撑起来了。主人的身份也予以确定。

但是这种洋玩意儿，究竟与我们的国情有些不甚相合。我们中国人讲究站有站相，坐有坐相，睡有睡相。所谓"立如松，坐如钟，卧如弓"，坐在那里需要像一口钟，上小下大，四平八稳，没个晃、没个倒。这种姿势才显得官样而且正派。这种坐相就与椅子的构造颇有关系。一把紫檀太师椅，满镶螺钿，大理石心，方正高大，无论谁坐上去也只好挺着腰板，正襟危坐，他不能像坐沙发似的那么半靠半醒的一副懒散相。沙发没有不矮的，再加上半靠半睡的姿势，全然不合我们的固有道德。

我们是讲礼貌的民族。向人拱手作揖，或是鞠躬握手，都必须站立着才成。假如你本来半靠半睡在一张沙发上，忽然有人过来要和你握手，你怎么办？赶快站起来便是。但是你站得起来吗？你深深地窝在沙发里，两只胳膊如果没练过双杠，腰杆儿上如果没有一点硬功夫，你休想能一跃而起。必须两手力按扶手，脊椎一挺，脖梗子一使劲，然后才能"哼哧"一声立起身来。如果这样地连续动作几回，谁也受不了。倒不如硬木太师椅，坐着和站着本来就差不多，一伸腿就立起来了。

一个穷亲戚或是一个属员来见你，他坐沙发的姿势特别。他不坐进去，他只跨一个沿。他的全身重量只由沙发里面的靠边上的半个弹簧来支持着，弹簧压得咔吱咔吱地直响，他也不管，他的臀部只有很小的一块和沙发发生接触。你当然不好意思对他说："请你坐进去。"你只能做一个榜样给他看，大模大样地向后一靠。但是更糟，你越大模大样，他越局局缩缩，他越发坐得溜边溜沿。你心里好难过，一方面怕沙发被他坐坏，一方面还怕他跌下去！

但是这种坐沙发的姿势也未可厚非。有时候颇有其必要，我曾见过一群官在一间大客厅单围坐一圈，每人占据一个沙发，静悄悄地在等候一位大官的来临。我细心观察，他们每个人都没有坐稳当，全是用右半边臀部斜压着一点点沙发的边缘，好像随时都可以挺身而起的样子。果然，房门咔啦一声响，大家以为一定是那官儿来了，于是轰地一下子全体肃立，身段好灵活，手脚好麻利，没有一个是四脚朝天地在沙发上挣扎。可惜这回进来的不是那官儿，是茶房托着漆盘送茶。大家各返原样，一次两次地演习，终于在觐见的仪式中没有一个落后的。假如用正规的姿态去坐沙发，我相信一定有人在沙发上扑腾不起来，会急死！

和高于自己的人对坐，需要全身筋肉紧张，然后才显得自己像是一块有用的材料，才能讨人欢喜。如果想全身弛懈地瘫在沙发上，你只好回家当老爷子去！

坐沙发的姿势固然人各不同，但与沙发本身无关，沙发本身原是为给人舒适的。所以最善于使用沙发者莫过于孩子。孩子天真无邪，看见沙发软乎乎的，便在上面跳蹦起来，使那弹簧尽最大的功效，他可以横躺、竖躺、倒躺，甚至翻个筋斗，挡上两把木椅还可权充一只小床，假如沙发不想传代，是应该这么使用。

我到人家去，十九都遇见有沙发可坐。但是很难得能享受沙发的舒适。我最怕的是那种上了年纪的沙发，年久失修，坑洼不平，弹簧的圈儿清清楚楚地在布底下露着，老气横秋地摆在那里，主人一巡儿地请你上座，你只好就座,坐上去就好像上刀山一般,稍一转动,铿然作响。有时候简直坐不住,要溜下来,或是溜在一边。只好退一步想,比坐针毡总好一些。也许是我的运气不佳,时常在冬天遇见皮沙发,冰凉的;在夏天又遇见绒沙发,发汗。有时候沙发上带白布套,又往往稀松,好像是没有系带的袜子似的,随时往下松。我还欣赏过一种不修边幅的沙发,挨着脑壳的那一部分蹭光大亮的,起码有半分厚的油泥,扶手的地方也是光可鉴人,可以磨剃刀。像这种种的沙发,放在屋里,只能留着做一种刑具用,实在谈不上舒适。

对联

> 我们的对联可以点缀湖山胜迹，可以装潢寓邸门庭，是我们独有的一种艺术品。

我们中国字不是拼音的，一个字一个音，没有词类形式的变化，所以特宜于制作对联，长联也好，短联也好，上下联字字对仗，而且平仄谐调，读起来自有节奏，看上去整整齐齐。外国的拼音文字便不可能有这种方便。我服务过的一个学校，礼堂门口有一副对联："养天地正气，法古今完人。"写作俱佳。有人问我如何译成英文，我说，只可译出大意，无法译成联语。外文修辞也有所谓对仗（antithesis），也只是在句法上做骈列的安排，谈不到对仗之工与音调之美。我们的对联可以点缀湖山胜迹，可以装潢寓邸门庭，是我们独有的一种艺术品。

楹联佳制，所在多有。但是给人印象深刻者，各人所遇不同。北平人文荟萃之区，好的门联并不多靓。宫阙官衙照例没有门联，因为已有一番气象，容不得文字点缀。天安门前只可矗立华表或是擎露盘之类，不可以配制门联，也不可以悬挂任何文字的牌语。平民老百姓的家宅才讲究门联，越是小门小户的人家越不会缺少一副门联。王公贝子的府邸门前只列有打死人不偿命的红漆木头棍子。

我的北平故居大门上一联是最平凡的一副！"忠厚传家久，诗书继世长。"可是我近年来越想越觉得其意义并不平凡，而且是甚为崇高。这不是夸耀门楣，以忠厚诗书自许，而是表示一种期望，在人品上有什么比忠厚更为高尚？在修养上有什么比诗书更为优美？有人把"久""长"二字删去，成为"忠厚传家，诗书继世"的四言联，这意思更好，只求忠厚宅心，儒雅为业，至于是否泽远流长就不必问。常看到另一副门联："国恩家庆，人寿年丰。"是善颂善祷的意思，不过有时候想想流离丧乱、四海困穷的样子，这又像是一种讽刺了。有一人家门口一副对联："敢云大隐藏人海，且耐清贫读我书。"有一点酸溜溜的，但是很有味，不知里面住的是怎样的一位高人。

春联最没有意思,据说春联始自明太祖。"帝都金陵,除夕传旨,公卿士庶家,门下须加春联一副。"仓促之间,奉命制联,还能有好的作品?晚近只有蓬户瓮牖之家,才热衷于贴春联。给颓垣垩室平添一些春色,也未尝不可。曾见岁寒之日,北风凛冽,有一些缩头缩脑的人在路边当众挥毫,甚至有髫龄卯齿的小朋友也蹲在凳子上呵冻作书,引得路人聚观,无非是为博得一些笔墨之资,稍裕年景而已。春联的词句,不外一些吉祥颂祷之语,即使搬出杜甫的句子如"楼阁烟云里,山河锦绣中",或孟浩然的句子如"咸歌太平日,共乐建寅春",仍然不免于俗。如果怀有才气,当然可以自制春联,不过对仗要工、平仄要调,并不是上下联语字数相同即可充数。

幼时,检家中旧箧,得墨拓书对联一副:"铁肩担道义,辣手著文章。"杨继盛,字椒山,明嘉靖进士,官吏部员外郎,是一位耿直的正人君子,曾劾严嵩五奸十大罪,被构陷下狱,终弃市。我看了那副对联,字如其人,风骨凛然,令人肃然起敬,遂付装池,悬我壁上。听说椒山先生寓邸在北平西城某胡同(丰盛胡同?)改为祠堂,此联石刻即藏祠堂内,可惜我没有去瞻仰。担道义即是不计利害地主持正义，杀身成仁舍生取义，椒山先生当之无愧。所谓辣手著文章，我想不是指绍兴师爷式的刀笔，没有正义感而一味地尖酸刻薄是不足为训的。所谓辣手应是指犀利而扼要的文笔。这一副对联现在已不知去向，但是无形中长是我的座右铭。

稍长，在一本珂罗版影印的楹联集里，看到一副联语"平生感意气，少小爱文辞"。是什么人写的，记不得了。这两句诗是杜甫《移居公安敬赠卫大郎钧》里的句子，我十分喜爱。这两句是称赞卫大郎的话，仇注"感其平时意气，如江海之流易合，又爱其少而能文，知风云之会有期"。卫大郎能当得起这样的夸赞，真是"不易得"的人物了。我一时心喜，仿其笔意写成五尺对联，笔弱墨浊，一无是处，不料墨沉未干，有最相知的好友掩至，谬加赞赏，携之而去。经付装池，好像略有起色，竟悬诸伊之客室，我见之不胜愧汗，如今灰飞云散人琴俱渺矣！

民国二十年夏，与杨今甫、赵太侔、闻一多、黄任初诸君子公出济南，偷闲游大明湖。泛小舟，穿行芰荷菱芡间，至历下亭舍舟登陆。仰首一看，小亭翼然，榜书一联"海右此亭古，济南名士多"。这是杜甫于天宝四年陪李北海宴历下亭诗里的两句，亭为胜迹，座有嘉宾，故云。大凡名胜之地必有可观，若有前贤履迹点缀其间，则尤足为湖山生色。当时我的感触很深，"云山发兴""玉佩当歌"的情景如在目前，此一联语乃永不能忘。

西湖的楹联太多了，我印象深的只有两个。一个是岳坟的一副："青山有幸埋忠骨，白铁无辜铸佞臣。"自古忠奸之辨，一向严明。坟前一对跪着的铁像，一个是秦桧，一个是裸着上身的其妻王氏，游人至此照例是对秦桧以小便浇淋，否则便是吐痰一口，臭气熏天，对王氏则争扪其乳，扪得白铁乳头发光。我每谒岳坟，辄掩鼻而过，真有"白铁无辜"之叹。西湖另一副难忘的对联是："万顷湖平长似镜，四时月好最宜秋。"联在平湖秋月，把平湖秋月四个字嵌入联中，虽然位置参差，但是十分自然。我因为特别喜欢西湖的这一景，遂连带着也忘不了这副对联。

窗外

> 窗外太空旷了,有时候零雨潸潸,竟不见雨脚,不闻雨声,只见有人撑着伞,坡路上的水流成了渠。

窗子就是一个画框,只是中间加些棂子,从窗子望出去,就可以看见一幅图画。那幅图画是妍是媸,是雅是俗,是闹是静,那就只好随缘。我今寄居海外,栖身于"白屋"楼上一角,临窗设几,作息于是,沉思于是,只有在抬头见窗的时候看到一幅幅的西洋景。现在写出窗外所见,大概是近似北平天桥之大金牙的拉大片吧?

"白屋"是地地道道的一座刷了白颜色油漆的房屋,既没有白茅覆盖,也没有外露原材料,说起来好像是韩诗外传里所谓的"穷巷白屋",其实只是一座方方正正见棱见角的美国初期形式的建筑物。我拉开窗帘,首先看见的是一块好大好大的天。天为盖，地为舆，谁没有看见过天？但是，不，以前住在人烟稠密天下第一的都市里，我看见的天仅是小小的一块，像是坐井观天，迎面是楼，左面是楼，右面是楼，后面还是楼，楼上不是水塔，就是天线，再不然就是五色缤纷的晒洗衣裳。井底蛙所见的天只有那么一点点。"白屋"地势荒僻，眼前没有遮拦，尤其是东边隔街是一个小学操场，绿草如茵，偶然有些孩子在那里蹦蹦跳跳；北边是一大块空地，长满了荒草，前些天还绽出一片星星点点的黄花，这些天都枯黄了，枯草里有几株参天的大树，有楸有枫，都直挺挺稳稳地矗立着；南边隔街有两家邻居；西边也有一家。有一天午后，小雨方住，蓦然看见天空一道彩虹，是一百八十度完完整整清清楚楚的一条彩带，所谓虹饮江皋，大概就是这个样子。虹销雨霁的景致，不知看过多少次，却没看过这样规模壮阔的虹。窗外太空旷了，有时候零雨湑湑，竟不见雨脚，不闻雨声，只见有人撑着伞，坡路上的水流成了渠。

路上的汽车往来如梭，而行人绝少。清晨有两个头发斑白的老者绕着操场跑步，跑得气咻咻的，不跑完几个圈不止，其中有一个还有一条大黑狗做伴。黑狗除了运动健身之外，当然不会轻易放过一根电线杆子而不留下一点记号，更不会不选一块芳草鲜美的地方施上一点肥料。天气晴和的时候常有十八九岁的大姑娘穿着斜纹布蓝工裤，光着脚在路边走，白皙的两只脚光光溜溜的，脚底板踩得脏兮兮，路上万一有个图钉或玻璃碴之类的东西，不知如何是好？日本的武者小路实笃曾经说起："传有久米仙人者，因逃情，入山苦修成道。一日腾云游经某地，见一浣纱女，足腔甚白，目眩神驰，凡念顿生，飘忽之间已自云头跌下。"（见周梦蝶诗《无题》附记）我不会从窗头跌下，因为我没有目眩神驰。我只是想：裸足走路也算是年青一代之反传统反文明的表现之一，以后恐怕还许有人要手脚着地爬着走，或索性倒竖蜻蜓用两只手走路，岂不更为彻底更为前进？至于长发大胡子的男子现在已经到处皆是，甚至我们中国人也有沾染这种习气的（包括一些学生与餐馆侍者），习俗移人，以至于此！

　　星期四早晨清除垃圾，也算是一景。这地方清除垃圾的工作不由官办，而是民营。各家的垃圾储藏在几个铅铁桶里，上面有盖，到了这一天则自动送到门前待取。垃圾车来，并没有八音琴乐，也没有叱咤吆喝之声，只闻稀里哗啦的铁桶响。车上一共两个人，一律是彪形黑大汉，一个人搬铁桶往车里掼，另一个司机也不闲着，车一停他也下来帮着搬，而且两个人都用跑步，一点也不从容。垃圾掼进车里，机关开动，立即压绞成为碎渣，要想从垃圾里拣出什么瓶瓶罐罐的分门别类地放在竹篮里挂在车厢上，殆无可能。每家月纳清洁费二元七角钱，包商叫苦，要求各家把铁桶送到路边，节省一些劳力，否则要加价一元。

公共汽车的一个招呼站就在我的窗外。车里没有车掌，当然也就没有晚娘面孔。所有开门，关门，收钱，掣给转站票，全由司机一人兼理。幸亏坐车的人不多，司机还有闲情逸致和乘客说声早安。二十分钟左右过一班车，当然是亏本生意，但是贴本也要维持。每一班车都是疏疏落落的三五个客人，凄凄清清惨惨。许多乘客是老年人，目视昏花，手脚失灵，耳听聋聩，反应迟缓，公共汽车是他们唯一的交通工具。也有按时上班的年轻人搭乘，大概是怕城里没处停放汽车。有一位工人模样的候车人，经常准时在我窗下出现，从容打开食盒，取出热水瓶，喝一杯咖啡，然后登车而去。

我没有看见过一只过街鼠，更没看见过老鼠肝脑涂地地陈尸街心。狸猫多得很，几乎个个是肥头胖脑的，毛也泽润。猫有猫食，成瓶成罐地在超级食场的货架上摆着。猫刷子、猫衣服、猫项链、猫清洁剂，百货店里都有。我几乎每天看见黑猫白猫在北边荒草地里时而追逐，时而亲昵，时而打滚。最有趣的是松鼠，弓着身子一蹿一蹿地到处乱跑，一听到车响，仓促地爬上枞枝。窗下放着一盘鸟食、黍米之类，麻雀群来果腹，红襟鸟则望望然去之，它茹荤，它要吃死的蛞蝓活的蚯蚓。

窗外所见的约略如是。王粲登楼，一则曰："虽信美而非吾土兮，曾何足以少留！"再则曰："昔尼父之在陈兮，有归欤之叹音。钟仪幽而楚奏兮，庄舄显而越吟。人情同于怀土兮，岂穷达而异心？"临楮凄怆，吾怀吾土。

火车

> 人类浪费时间精力做好多好多不该做的事，何必斤斤计较旅途所耗的时间？纵然火车走得像枪弹一般快，车上的人忙的是什么？

我在上海中国公学教书的时候，每星期要去吴淞两三次，在天通庵搭小火车到炮台湾，大约十五分钟。火车虽然破旧，却是中国最早建设的铁路。清同治年间由英商怡和洋行鸠工开建，后由清廷购回，光绪二十三年全线完成。当初兴建伊始，当地愚民反对，酿成毁路风潮。那一段历史恐怕大家早已忘了。

我同时在暨南大学授课，每星期要去真如三次，由上海北站搭四等慢车（即铁棚货车）到真如，约十分钟，票价一角。有一次在车站挤着买票，那时候尚无排队习惯，全凭体力挤进挤出。票是买到了，但是衣袋里的皮夹被小偷摸去。一位好心的朋友告诉我，不可声张，可以替我找回来，如果里面有紧要的东西。我说里面只有数十元和一张无价的照片。他说那就算了，因为找回来也要酬谢弟兄们一笔钱。这是我生平第一次听说东西被偷还可以找回来，其中奥妙无穷。

火车是分等级的。四等火车恐怕很多人没有搭过。我说搭，不说坐，因为根本没有座位，而且也没有窗户。搭四等车的人不一定就是四等人，等于搭头等车的不一定就是头等人。而且搭四等车的人不一定一辈子永远搭四等车，等于搭头等车的也不一定一辈子永远搭头等车。好像人有阶级之分，其实随时也有升降，变化是很多的。教书的人能享受四等火车的交通之便，实已很是幸运了，虽然车里是黑洞洞的，而且还有令人作呕的便溺气味。

当年最豪华的火车是津浦路的蓝钢车。车厢包上一层蓝色钢铁皮，与众不同，显著高贵。头等卧车装饰尤其美观，老舍一篇题名《火车》的小说，描写头等乘客在厚厚软软的地毯上吐痰，确是写实，并非虚撰。这样做是表示他的特殊身份。最令我惊讶的是头等车厢里的侍者礼貌特别周到，由津至浦要走一天一夜。夜间要查票，而头等客可以不受惊扰,安睡一夜,因为侍者在晚间早就把车票收去,查票的人走过头等车厢也特别把声音压低,在侍者手中查看车票,悄悄地就走过去了,真是体贴。查票的人走到二等车里,态度就稍有变化,嗓门提高;到了三等车里,就不免大声吼叫推醒那些打瞌睡的客人。

不要以为蓝钢车总是舒适如意,也曾出过纰漏。民国十二年盗匪孙美瑶啸聚一群喽啰在津浦路线上临城附近的抱犊谷。这抱犊谷是一座山,形势天成,人口极狭,据传说谷内耕牛是当初抱犊以入。孙美瑶过着打家劫舍的生活,意犹未尽,看着火车呜呜地从山下蜿蜒而过,忽发奇想。他截断路轨,把一列火车上数百名中外旅客一股脑儿掳上了山作为人质。害得军阀大吏手足无措。事涉被掳中外人士之安全,投鼠忌器,不敢动武。结果是几经折冲,和平解决,人质释放,盗匪收编为正式军队,孙美瑶获得旅长官衔。这就是轰动中外的临城劫车案。还有一个尾声,听说后来孙美瑶旅长不知怎么的还是被杀掉了。就我所记忆,如此规模的劫火车只发生过这么一遭。外国也有劫车案,有我们的这样多彩多姿吗?

现在美国,火车已经是落伍的交通工具,在没有飞机和全国快速公路网的时代，坐火车从西海岸到东海岸是一大享受。沿途的风景，目不暇接。旅客不拥挤，座位很舒适，不分等级，只是卧铺另加费用。十几年前我旅游华府到纽约，就有人劝我要坐火车，因为以后可能将没有火车可坐了。果然，车站一片荒凉，车上乘容寥寥无几，往日的繁华哪里去了？

有人嫌火车走得慢，又有人嫌火车冒烟脏。人类浪费时间精力做好多好多不该做的事，何必斤斤计较旅途所耗的时间？纵然火车走得像枪弹一般快，车上的人忙的是什么？火车冒烟是脏，可是冒烟的并不只是火车，何况现在火车多不冒烟了。如果老远看火车冒黑烟或吐白气，那景象却不一定讨厌。记得抗战时我住在四川北碚，天气晴朗，搬藤椅在门前闲坐，遥望对面层峦叠嶂之中忽然闪出一缕白烟，呼啸而过，隐隐然听到汽笛之声。"此非恶声地"，那是天府煤矿的运煤的小火车。那是"天府之国"当时唯一的一段铁路。我看了很开心，和看近处梯田中"一行白鹭上青天"同样的开心。说起四川省的铁路之兴建，其事甚早，光绪末年就有川汉铁路之议，宣统年间还引起铁路风潮，成为革命导火线之一。民国二十五年又有川黔铁路的计划。一再拖延以迄于今。可是抗战时经过重庆到成都公路的人，应该记得那条公路的路基特别高，路面相当阔，因为那条公路正是当年成渝铁路的未完成的遗址。

有一年由某大员陪同坐火车到郑州。途经某处，但见上有高山，下有清涧，竹篱茅舍，俨若桃源。我凭窗眺望，不禁说了一句赞叹的话："这地方风景如画，可惜火车走得太快，一下子就要过去了。"某大员立刻招呼："教火车停下来。"火车真的停下来了，让我们细细观赏那一片景物。此事不足为训，可是给了我一个难忘而复杂的感触："大丈夫不可一日无权"，但是享特权算得是大丈夫吗？

头等乘客在未上车之前即已享受头等待遇，车站里有头等候车室。里面有座位，有茶水，有人代理票务。在台湾好像某些车站有所谓贵宾室，任何神气活现的人都可以走进去以贵宾姿态出现。上车的时候不需经由栅门剪票，他可以从一个侧门昂然而入，还有人笑容满面地照料他登车。其实，熙来攘往，无非名利之徒，谁是贵宾？

垃圾

> 把大门打开,四顾无人,把一筐垃圾往街上一丢,然后把大门关起,眼不见心不烦。垃圾在黄尘滚滚之中随风而去,不干我事。

人吃五谷杂粮,就要排泄。渣滓不去,清虚不来。家庭也是一样,有了开门七件事,就要产生垃圾。看一堆垃圾的体积之大小、品质之精粗,就可以约略看出其阶级门第,是缙绅人家还是暴发户,是书香人家还是买卖人,是忠厚人家还是假洋鬼子。吞纳什么样的东西,不免即有什么样的排泄物。

如何处理垃圾,是一个问题。最简便的方法是把大门打开,四顾无人,把一筐垃圾往街上一丢,然后把大门关起,眼不见心不烦。垃圾在黄尘滚滚之中随风而去,不干我事。真有人把烧过的带窟窿的煤球平平正正地摆在路上,他的理由是等车过来就会碾碎，正好填上路面的坑洼，像这样好心肠的人到处皆有。事实上每一个墙角，每一块空地，都有人善加利用倾倒垃圾。多少人在此随意便溺，难道不可以丢些垃圾？行路人等有时也帮着生产垃圾，一堆堆的甘蔗渣，一条条的西瓜皮，一块块的橘子皮，随手抛来，潇洒自如。可怜老牛拉车，路上遗屎，尚有人随后铲除，而这些路上行人食用水果反倒没有人跟着打扫！

我的住处附近有一条小河，也可以说是臭水沟，据说是什么圳的一个支流，当年小桥流水，清可见底，可以游泳其中，年久失修，渐渐壅淤，水流愈来愈窄，而且表面上常漂着五彩的浮渣。这是一个大好的倾倒垃圾之处，邻近人家焉有不知之理。于是穿着条纹睡衣的主妇清早端着便壶往河里倾注，蓬头跣足的下女提着畚箕往河里倒土，还有仪表堂堂的先生往里面倒字纸篓，多少信笺信封都缓缓地漂流而去，那位先生顾而乐之。手面最大的要算是修缮房屋的人家，把大批的灰泥砖瓦向河边倒，形成了河埔新生地。有时还从上流漂来一只木板鞋，半个烂文旦，死猫死狗死猪胀得鼓溜溜的！不知是受了哪一位大人先生的恩典，这一条臭水沟被改为地下水道，上面铺了柏油路，从此这条水沟不复发生承受垃圾的作用，使得附近居民多么不便！

在较为高度开发的区域，家门口多置垃圾箱。在应该有两个石狮子或上马蹬的地方站立着一个四四方方的乌灰色的水泥箱子，那样子也够腌臜的。这箱子有门有盖，设想周到，可是不久就会门盖全飞，里面的宝藏全部公开展览。不设垃圾箱的左右高邻大抵也都不分彼此惠然肯来，把一个垃圾箱经常弄得脑满肠肥。结果是谁安设垃圾箱，谁家门口臭气四溢。箱子虽说是钢骨水泥做的，经汽车三撞五撞，也就由酥而裂而破而碎而垮。

有人独出心裁，在墙根上留上一窦穴，装以铁门，门上加锁，墙里面砌垃圾箱，独家专门，谢绝来宾。但是亦不可乐观，不久那锁先被人取走，随后门上的扣环也不见了，终于是门户洞开，左右高邻仍然是以邻为壑。

对垃圾最感兴趣的是拾烂货的人。这一行夙兴夜寐，蛮辛苦的，每一堆垃圾都要加上一番爬梳的功夫，看有没有可以抢救出来的物资。人弃我取，而且取不伤廉。但是在那一爬一梳之下，原状不可恢复，堆变成了摊，狼藉满地，惨不忍睹。家门以内尽管保持清洁，家门以外不堪闻问。

世界上有许多问题永久无法解决，垃圾可能是其中之一，闻说有些国家有火化垃圾的设备，或使用化学品蚀化垃圾于无形，听来都像是天方夜谭的故事。我看了门口的垃圾，常常想到朝野上下异口同声的所谓起飞，所谓进步，天下物无全美，留下一点缺陷，以为异日起飞进步的张本不亦甚善？同时我又想，难以处理的岂止是门前的垃圾，社会上各阶层的垃圾滔滔皆是，又当如何处理？

辑五

凡是人为的音乐，都应该宁缺毋滥

风声雨声,再加上风声鸟声,都是自然的音乐,都能使我发生好感,都能驱除我的寂寞,何贵乎听那『我好比……我好比……』之类的歌声?

雅舍

> 有窗而无玻璃，风来则洞若凉亭，有瓦而空隙不少，雨来则渗如滴漏。纵然不能蔽风雨，"雅舍"还是自有它的个性。有个性就可爱。

到四川来，觉得此地人建造房屋最是经济。火烧过的砖，常常用来做柱子，孤零零地砌起四根砖柱，上面盖上一个木头架子，看上去瘦骨嶙峋，单薄得可怜；但是顶上铺了瓦，四面编了竹篦墙，墙上敷了泥灰，远远地看过去，没有人能说不像是座房子。我现在住的"雅舍"正是这样一座典型的房子。不消说，这房子有砖柱，有竹篦墙，一切特点都应有尽有。讲到住房，我的经验不算少，什么"上支下摘""前廊后厦""一楼一底""三上三下""亭子间""茅草棚""琼楼玉宇"和"摩天大厦"，各式各样，我都尝试过。我不论住在哪里，只要住得稍久，对那房子便发生感情，非不得已我还舍不得搬。这"雅舍"，我初来时仅求其能蔽风雨，并不敢存奢望，现在住了两个多月，我的好感油然而生。虽然我已渐渐感觉它并不能蔽风雨，因为有窗而无玻璃，风来则洞若凉亭，有瓦而空隙不少，雨来则渗如滴漏。纵然不能蔽风雨，"雅舍"还是自有它的个性。有个性就可爱。

"雅舍"的位置在半山腰，下距马路有七八十层的土阶，前面是阡陌螺旋的稻田。再远望过去是几抹葱翠的远山，旁边有高粱地，有竹林，有水池，有粪坑，后面是荒僻的榛莽未除的土山坡。若说地点荒凉，则月明之夕，或风雨之日，亦常有客到，大抵好友不嫌路远，路远乃见情谊。客来则先爬几十级的土阶，进得屋来仍须上坡，因为屋内地板乃依山势而铺，一面高，一面低，坡度甚大，客来无不惊叹，我则久而安之，每日由书房走到饭厅是上坡，饭后鼓腹而出是下坡，亦不觉有大不便处。

"雅舍"共是六间，我居其二。篦墙不固，门窗不严，故我与邻人彼此均可互通声息。邻人轰饮作乐，咿唔诗章，喁喁细语，以及鼾声、喷嚏声、吮汤声、撕纸声、脱皮鞋声，均随时由门窗户壁的隙处荡漾而来，破我岑寂。入夜则鼠子瞰灯,才一合眼,鼠子便自由行动,或搬核桃在地板上顺坡而下,或吸灯油而推翻烛台,或攀缘而上帐顶,或在门框桌脚上磨牙,使人不得安枕。但是对于鼠子,我很惭愧地承认,我"没有法子"。"没有法子"一语是被外国人常常引用着的,以为这话最足代表中国人的懒惰隐忍的态度。其实我对付鼠子并不懒惰。窗上糊纸,纸一戳就破;门户关紧,而相鼠有牙,一阵咬便是一个洞洞。试问还有什么法子?洋鬼子住到"雅舍"里,不也是"没有法子"?比鼠子更骚扰的是蚊子。"雅舍"的蚊风之盛,是我前所未见的。"聚蚊成雷"真有其事!每当黄昏时候,满屋里磕头碰脑的全是蚊子,又黑又大,骨骼都像是硬的。在别处蚊子早已肃清的时候,在"雅舍"则格外猖獗,来客偶不留心,则两腿伤处累累隆起如玉蜀黍,但是我仍安之。冬天一到,蚊子自然绝迹,明年夏天——谁知道我还是住在"雅舍"!

"雅舍"最宜月夜——地势较高,得月较先。看山头吐月,红盘乍涌,一霎间,清光四射,天空皎洁,四野无声,微闻犬吠,坐客无不悄然!舍前有两株梨树,等到月升中天,清光从树间筛洒而下,地上阴影斑斓,此时尤为幽绝。直到兴阑人散,归房就寝,月光仍然逼进窗来,助我凄凉。

细雨蒙蒙之际,"雅舍"亦复有趣。推窗展望,俨然米氏章法,若云若雾,一片弥漫。但若大雨滂沱,我就又惶悚不安了,屋顶湿印到处都有,起初如碗大,俄而扩大如盆,继则滴水乃不绝,终乃屋顶灰泥突然崩裂,如奇葩初绽,砉然一声而泥水下注,此刻满室狼藉,抢救无及。此种经验,已数见不鲜。

"雅舍"之陈设,只当得简朴二字,但洒扫拂拭,不使有纤尘。我非显要,故名公巨卿之照片不得入我室;我非牙医,故无博士文凭张挂壁间;我不业理发,故丝织西湖十景以及电影明星之照片亦均不能张我四壁。我有一几一椅一榻,酣睡写读,均已有着,我亦不复他求。但是陈设虽简,我却喜欢翻新布置。西人常常讥笑妇人喜欢变更桌椅位置,以为这是妇人天性喜变之一证。诬否且不论,我是喜欢改变的。中国旧式家庭,陈设千篇一律,正厅上是一条案,前面一张八仙桌,一边一把靠椅,两旁是两把靠椅夹一只茶几。我以为陈设宜求疏落参差之致,最忌排偶。"雅舍"所有,毫无新奇,但一物一事之安排布置俱不从俗。人入我室,即知此是我室。笠翁《闲情偶寄》之所论,正合我意。

"雅舍"非我所有,我仅是房客之一。但思"天地者万物之逆旅",人生本来如寄,我住"雅舍"一日,"雅舍"即一日为我所有。即使此一日亦不能算是我有,至少此一日"雅舍"所能给予之苦辣酸甜,我实躬受亲尝。刘克庄词:"客舍似家家似寄。"我此时此刻卜居"雅舍","雅舍"即似我家。其实似家似寄,我亦分辨不清。

长日无俚,写作自遣,随想随写,不拘篇章,冠以"雅舍小品"四字,以示写作所在,且志因缘。

喝茶

> 喝工夫茶，要有工夫，细呷细品，要有设备，要人服侍，如今乱糟糟的社会里谁有那么多的工夫？红泥小火炉哪里去找？

我不善品茶，不通茶经，更不懂什么茶道，从无两腋之下习习生风的经验。但是，数十年来，喝过不少茶，北平的双窨，天津的大叶，西湖的龙井，六安的瓜片，四川的沱茶，云南的普洱，洞庭湖的君山茶，武夷山的岩茶，甚至不登大雅之堂的茶叶梗与满天星随壶净的高末儿，都尝试过。茶是我们中国人的饮料，口干解渴，唯茶是尚。茶字，形近于荼，声近于槚，来源甚古，流传海外，凡是有中国人的地方就有茶。人无贵贱，谁都有份，上焉者细啜名种，下焉者牛饮茶汤，甚至路边埂畔还有人奉茶。北人早起，路上相逢，辄问讯："喝茶未？"茶是开门七件事之一，乃人生必需品。

孩提时，屋里有一把大茶壶，坐在一个有棉衬垫的藤箱里，相当保温，要喝茶自己斟。我们用的是绿豆碗，这种碗大号的是饭碗，小号的是茶碗，做绿豆色，粗糙耐用，当然和宋瓷不能比，和江西瓷不能比，和洋瓷也不能比，可是有一股朴实厚重的风貌，现在这种碗早已绝迹，我很怀念。这种碗打破了不值几文钱，脑勺子上也不至于挨巴掌。银托白瓷小盖碗是祖父母专用的，我们看着并不羡慕。看那小小的一盏，两口就喝光，泡两三回就得换茶叶，多麻烦。如今盖碗很少见了，除非是到台北故宫博物院拜会蒋院长，他那大客厅里总是会端出盖碗茶敬客。再不就是在电视剧中也常看见有盖碗茶，可是演员一手执盖一手执碗缩着脖子啜茶那副狼狈相，令人发噱，因为他不知道喝盖碗茶应该是怎样的喝法。他平素自己喝茶大概一直是用玻璃杯、保温杯之类。如今，我们此地见到的盖碗，多半是近年来本地制造的"万寿无疆"的那种样式，瓷厚了一些；日本制的盖碗，样式微有不同，总觉得有些怪怪的。近有人回大陆，顺便探视我的旧居，带来我三十多年前天天使用的一只瓷盖碗，原是十二套，只剩此一套了，碗沿还有一点磕损，睹此旧物，勾起往日的心情，不禁黯然。盖碗究竟是最好的茶具。

茶叶品种繁多，各有擅场。有友来自徽州，同学清华，徽州产茶胜地，但是他看到我用一撮茶叶放在壶里沏茶，表示惊讶，因为他只知道茶叶是烘干打包捆载上船沿江运到沪杭求售，剩下来的茶梗才是家人饮用之物。恰如北人所谓"卖席的睡凉炕"。我平素喝茶，不是香片就是龙井，多次到大栅栏东鸿记或西鸿记去买茶叶，在柜台前面一站，徒弟搬来凳子让坐，看伙计称茶叶，分成若干小包，包得见棱见角，那份手艺只有药铺伙计可以媲美。茉莉花窨过的茶叶，临卖的时候再抓一把鲜茉莉花放在表面上，所以叫作双窨。于是茶店里经常是茶香花香，郁郁菲菲。父执有名玉贵者，旗人，精于饮馔，居恒以一半香片一半龙井混合沏之，有香片之浓馥，兼龙井之苦清。吾家效而行之，无不称善。花以人名，乃径呼此茶为"玉贵"，私家秘传，外人无由得知。

其实，清茶最为风雅。抗战前造访知堂老人（按：即周作人）于苦茶庵，主客相对总是有清茶一盅，淡淡的、涩涩的、绿绿的。我曾屡侍先君游西子湖，从不忘记品尝当地的龙井，不需要攀登南高峰凤篁岭，近处平湖秋月就有上好的龙井茶，开水现冲，风味绝佳。茶后进藕粉一碗，四美具矣。正是"穿牅而来，夏日清风冬日日；卷帘相见，前山明月后山山"（骆成骧联）。有朋自六安来，贻我瓜片少许，叶大而绿，饮之有荒野的气息扑鼻。其中西瓜茶一种，真有西瓜风味。我曾过洞庭，舟泊岳阳楼下，购得君山茶一盒。沸水沏之，每片茶叶均如针状直立漂浮，良久始舒展下沉，味品清香不俗。

初来台湾，粗茶淡饭，颇想倾阮囊之所有在饮茶一端偶作豪华之享受。一日过某茶店，索上好龙井，店主将我上下打量，取八元一斤之茶叶以应，余示不满，乃更以十二元者奉上，余仍不满，店主勃然色变，厉声曰："买东西，看货色，不能专以价钱定上下。提高价格，自欺欺人耳！先生奈何不察？"我爱其憨直。现在此茶店门庭若市，已成为业中之翘楚。此后我饮茶，但论品位，不问价钱。

茶之以浓酽胜者莫过于工夫茶。《潮嘉风月记》说工夫茶要细炭初沸连壶带碗泼浇，斟而细呷之，气味芳烈，较嚼梅花更为清绝。我没嚼过梅花，不过我旅居青岛时有一位潮州澄海朋友，每次聚饮酩酊，辄相偕走访一潮州帮巨商于其店肆。肆后有密室，烟具、茶具均极考究，小壶、小盅有如玩具。更有娈婉丱童伺候煮茶、烧烟，因此经常饱吃工夫茶，诸如铁观音、大红袍，吃了之后还携带几匣回家。不知是否故弄玄虚，谓炉火与茶具相距以七步为度，沸水之温度方合标准。举小盅而饮之，若饮罢径自返盅于盘，则主人不悦，须举盅至鼻头猛嗅两下。这茶最有解酒之功，如嚼橄榄，舌根微涩，数巡之后，好像是越喝越渴，欲罢不能。喝工夫茶，要有工夫，细呷细品，要有设备，要人服侍，如今乱糟糟的社会里谁有那么多的工夫？红泥小火炉哪里去找？伺候茶汤的人更无论矣。普洱茶，漆黑一团，据说也有绿色者，泡烹出来黑不溜秋，粤人喜之。在北平，我只在正阳楼看人吃烤肉，吃得口滑肚子膨脖不得动弹，才高呼堂倌泡普洱茶。四川的沱茶亦不恶，唯一般茶馆应市者非上品。台湾的乌龙名震中外，大量生产，佳者不易得。处处标榜冻顶，事实上哪里有那么多的冻顶？

喝茶，喝好茶，往事如烟。提起喝茶的艺术，现在好像谈不到了，不提也罢。

音乐

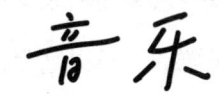

> 在原则上，凡是人为的音乐，都应该宁缺毋滥。因为没有人为的音乐，顶多是落个寂寞。而按其实，人是不会寂寞的。

  一个朋友来信说："……我从来没有像现在这样烦恼过。住在我的隔壁的是一群在×××服务的女孩子，一回到家便大声歌唱，所唱的无非是些××歌曲，但是她们唱的腔调证明她们从来没有考虑过原制曲者所要产生的效果。我不能请她们闭嘴，也不能喊'通'！只得像在理发馆洗头时无可奈何地用棉花塞起耳朵来……"

  我同情这位朋友，但是他的烦恼不是他一个人有的。我常想，音乐这样东西，在所有的艺术里，是最富于侵略性的。别种艺术，如图画雕刻，都是固定的，你不高兴欣赏便可以不必寓目，各不相扰；唯独音乐，声音一响，随着空气波荡而来，照直侵入你的耳朵，而耳朵平常都是不设防的，只得毫无抵御地任它震荡刺激。自以为能书善画的人，诚然也有令人不舒服的时候；据说有人拿着素扇跪在一位书画家面前，并非敬求墨宝，而是求他高抬贵手，别糟蹋他的扇子。这究竟是例外情形。书家画家并不强迫人家瞻仰他的作品，而所谓音乐也者，则对于凡是在音波所及的范围以内的人，一律强迫接受，也不管其效果是沁人肺腑，抑是令人作呕。

我的朋友对隔壁音乐表示不满，那情形还不算严重。我曾经领略过一次四人合唱，使我以后对于音乐会一类的集会轻易不敢问津。一阵彩声把四位歌者送上演台，钢琴声响动，四位歌者同时张口，我登时感觉到有五种高低疾徐全然不同的调子乱擂我的耳鼓，四位歌者唱出四个调子，第五个声音是从钢琴里发出来的！五缕声音搅作一团，全不和谐。当时我就觉得心旌战动，飘飘然如失却重心，又觉得身临歧路，彷徨无主的样子。我回顾四座，大家都面面相觑，好像都各自准备逃生，一种分崩离析的空气弥漫于全室。像这样的音乐是极伤人的。

"音乐的耳朵"不是人人有的，这一点我承认，也许我就是缺乏这种耳朵。也许是我的环境不好，使我的这种耳朵，没有适当地发育。我记得在学校宿舍里住的时候，对面楼上住着一位音乐家，还是"国乐"，每当夕阳下山，他就临窗献技，引吭高歌，配着胡琴他唱："我好比……"在这时节我便按捺不住，颇想走到窗前去大声地告诉他，他好比是什么。我顶怕听胡琴，北平最好的名手××我也听过多少次数，无论他技巧怎样纯熟，总觉得唧唧的声音像是指甲在玻璃上抓。别种乐器，我都不讨厌，曾听古琴弹奏一段《梧桐雨》，琵琶乱弹一段《十面埋伏》，都觉得那确是音乐，唯独胡琴与我无缘。莎士比亚的《威尼斯商人》里曾说起有人一听见苏格兰人的风笛便要小便，那只是个人的怪癖。我对胡琴的反感亦只是一种怪癖吧？皮黄戏里的青衣花旦之类，在戏院广场里令人毛发倒竖，若是清唱则尤不可当，嘤然一叫，我本能地要抬起我的脚来，生怕是脚底下踩了谁的脖子！近听汉戏，黑头花脸亦唧唧锐叫，令人坐立不安；秦腔尤为激昂，常令听者随之手忙脚乱，不能自已。我可以听音乐，但若声音发自人类的喉咙，我便看不得粗了脖子红了脸的样子。我看着危险！我着急。

真正听京戏的内行人怀里揣着两包茶叶，踱到边厢一坐，听到妙处，摇头摆尾，随声击节，闭着眼睛体味声调的妙处，这心情我能了解，但是他付了多大的代价！他听了多少不愿意听的声音才能换取这一点音乐的陶醉！到如今，听戏的少，看戏的多。唱戏的亦竟以肺壮气长取胜，而不复重韵味，唯简单节奏尚是多数人所能体会，铿锵的锣鼓，油滑的管弦，都是最简单不过的，所以缺乏艺术教养的人，如一般大腹贾、大人先生、大学教授、大家闺秀、大名士、大豪绅，都趋之若鹜，自以为是在欣赏音乐！

在中西文化的交流中，我们的音乐（戏剧除外）也在蜕变，从"毛毛雨"起以至于现在流行×××之类，都是中国小调与西洋某一级音乐的混合，时而中菜西吃，时而西菜中吃，将来成为怎样的定型，我不知道。我对音乐既不能做丝毫贡献，所以也很坦然地甘心放弃欣赏音乐的权利，除非为了某种机缘必须"共襄盛举"不得不到场备员。至于像我的朋友所抱怨的那种隔壁歌声，在我则认为是一种不可避免的自然现象，恰如我们住在屠宰场的附近便不能不听见猪叫一样，初听非常凄绝，久后亦就安之。夜深人静，荒凉的路上往往有人高唱："一马离了西凉界……"我原谅他，他怕鬼，用歌声来壮胆，其行可恶，其情可悯。但是在天微明时练习吹喇叭，则是我所不解。"打——答——大——滴——"一声比一声高，高到声嘶力竭，吹喇叭的人显然是很吃苦，可是把多少人的睡眠给毁了，为什么不在另一个时候练习呢？

在原则上，凡是人为的音乐，都应该宁缺毋滥。因为没有人为的音乐，顶多是落个寂寞。而按其实，人是不会寂寞的。小孩的哭声、笑声，小贩的吆喝声，邻人的打架声，市里的喧阗声，到处"吃饭了吗？""吃饭了吗？"的原是应酬而现在变成性命攸关的问答声——实在寂寞极了，还有村里的鸡犬声！最令人难忘的还有所谓天籁。秋风起时，树叶飒飒的声音，一阵阵袭来，如潮涌；如急雨；如万马奔腾；如衔枚疾走；风定之后，细听还有枯干的树叶一声声地打在阶上。秋雨落时，初起如蚕食桑叶，窸窸窣窣，继而淅淅沥沥，打在蕉叶上清脆可听。风声雨声，再加上虫声鸟声，都是自然的音乐，都能使我发生好感，都能驱除我的寂寞，何贵乎听那"我好比……我好比……"之类的歌声？然而此中情趣，不足为外人道也。

日记

> 没有一个时代不大,不过比较的,有些时代好像是特别热闹而已。承平时期也未尝没有可记之事。写日记不难,难在持之以恒。

日记有两种。

一种是专为自己看的。每日三省吾身,太麻烦,晚上睡前抽空反省一次就足够了,想想自己这一天做了些什么事,不必等到清夜再来扪心。如果有一善可举,即不妨泚笔记在日记上;如果自己有一些什么失检之处,不管是大德逾闲或小德出入,甚至是绝对不可告人之事,亦不妨坦白自承。这比天主教堂的"告解"还方便,比法律上的"自承犯罪"还更可取。就一般人而论,人对自己总喜欢隐恶扬善,不大肯揭自己的疮疤,但是也有人喜欢透露自己的一些以肉麻为有趣的丑事,非暴露一下心不得安。最安全的办法是写在日记上。有人怕日记被人偷看，把日记珍藏起来，锁在抽屉里。世界上就有一种人偏爱偷看人家的日记。有一种日记本别出心裁，上下封面可以勾连起来上锁。其实这也是自欺欺人之事，设有人连日记本带锁一起挟以俱去，又当如何？天下没有秘密可以珍藏，白纸黑字，大概早晚总有被人察觉的可能。所以凡是为自己看的日记而真能吐露心声、袒露原形者并不多见。

另一种日记是专为写给别人看的。这种日记写得工整，态度不免矜持，偶然也记私人琐事，也写读书心得，大体上却是做时事的记录，成为社会史的一个局部的缩影。写这种日记的人须有丰富的生活，广阔的交游，才能有值得一记的资料登上日记。我认识一位海外学人，他的日记放在案头供人阅览，打开一看好多页都近于空白，只写着"午后饮咖啡一杯"。像是在写流水账，而又出纳甚吝。我又有一位同事，年纪不老小，酷嗜象棋，能不用棋盘和高手过招，如有得意之局必定在晚上"复盘"登记在十行纸簿的日记上，什么"马二进三""车一进五"的，写得整整齐齐，置在案头供人阅览。同嗜的人并不多，有兴趣看而又能看得懂的人更少，只要肯表示一下惊讶赞叹之意，日记的主人便心满意足了。至于处心积虑地逐日写日记,准备藏之名山传诸后世,那就算是一种著述了。

以我所知的几部著名的中外日记,英国十七世纪的佩皮斯(Pepys)的日记为最有趣的之一。他两度为英国的海军大臣,乃政坛显要,被誉为英国海军之父,但是使他在历史上成大名的却是他的一部日记。他从一六六〇年一月一日起,到一六六九年五月三十一日止,这九年多的时期内,他每日必写,从无间断,写的是当时的大事,如查尔斯二世如何自法归来实行复辟、疫疠流行的惨状、伦敦的大火、对荷兰的战争等。对于戏剧及其他娱乐节目也不放过。最令人惊异的是,他写他自己的行为,如何殴打他的妻子,勾引他的女仆,如何在外拈花惹草,一夜风流,如何在他妻子为他理发时发现了二十只虱子,如何在教堂讲道时定着眼睛看女人,如何与人幽会一再被妻子捉到而悔过讨饶……都有生动的记述。这九年多的日记累积有三千零十二页之多,分装为六大册。内中许多事情不便公开,又有些私事怕家人偷看,他采用"古希腊罗马速记术"。死后捐赠给他的母校剑桥的图书馆,在那里皮藏了一百多年,蛛网尘封,无人过问,最后才被人发现予以翻译付梓。

与佩皮斯同时，也以一部日记而闻名的是约翰·伊夫林（John Evelyn）。他也是宫廷人物，但未任高职。他的日记从一六四一年起，当时他二十一岁，直到一七〇六年死前二十四天止，可以说是他的毕生行谊的记录。他是知识分子，所记内容当然有异于佩皮斯的。

我们中国文人也有不少写日记而成绩可观的，但是大部分近似读书札记，较少叙事抒情，文学史一向不把日记作者列为值得一提的人物。例如李慈铭的《越缦堂日记》六十四册，自咸丰三年至光绪十五年凡三十六年，几乎逐日有记，很少间断，洋洋大观，很值得一读，但我相信肯看的人不多。

胡适先生有一部日记，从他在北大执教时起一直到他晚年，其规模之大内容之丰富可能超过以往任何作者。我在上海无意中看到过他的一部分日记，用毛笔写在新月稿纸上，相当工整，其最大特色为对于时事（包括社会新闻）特为注意，经常剪贴报纸，也许是因此之故，他的日记不久就裒然成帙。他的私人生活也记得很细，甚至和友人饮宴同席的人名都记载下来。他说："我这部日记是我留给我两个儿子的唯一的一部遗产。"因为他知道这部日记牵涉到的人太多，只有在他去世若干年后才好发表。隔好多年有一次我问他："先生的日记是否一直继续在写？"他说："到美国后，纸笔都没有以前那样方便，改用墨水笔和洋纸本子了，可是没有间断，不过没有从前那样详尽了。"他的日记何时才能印行，不得而知，我只盼望有朝一日可以问世，最好是完整的照相制版，不加删改，不易一字。

抗战八年，我想必有不少人亲身经历过一些可歌可泣之事。可惜的是，很少有资格的人留下一部完整的日记。《传记文学》刊载的何成濬先生的《战争日记》是很难得的一部价值甚高的作品，内容详尽，而且文字也很简练。所记载的是他个人接触到的一些军政情况与人物，当然未能涵盖其他社会与文化方面的动态。假如有文人或学者在八年抗战中留有完整的日记，我相信其可读性必定很高。日记只要忠实、细致就好，忸忸怩怩的文艺腔是绝对不需要的。人称抗战时期是一个"大时代"，其实没有一个时代不大，不过比较的，有些时代好像是特别热闹而已。承平时期也未尝没有可记之事。写日记不难，难在持之以恒。

洗澡

即使于洗濯之余观赏一下原来属于自己的肉体，亦无伤大雅。若说赤身裸体便是邪恶，那么衣冠禽兽又好在哪里？

谁没有洗过澡！生下来第三天，就有"洗儿会"，热腾腾的一盆香汤，还有果子彩钱，亲朋围绕着看你洗澡。"洗三"的滋味如何，没有人能够记得。被杨贵妃用锦绣大襁褓裹起来的安禄山也许能体会一点点"洗三"的滋味，不过我想当时禄儿必定别有心事在。

稍为长大一点，被母亲按在盆里洗澡永远是终身不忘的经验。越怕肥皂水流进眼里，肥皂水越爱往眼角里钻。胳肢窝怕痒，两肋也怕痒，脖子底下尤其怕痒，如果咯咯大笑把身子弄成扭股糖似的，就会顺手一巴掌没头没脸地拍了下来，有时候还真有一点痛。

成年之后，应该知道澡雪垢滓乃人生一乐，但亦不尽然。我读中学的时候，学校有洗澡的设备，虽是因陋就简，冷热水却甚充分。但是学校仍须严格规定，至少每三天必须洗澡一次。这规定比起汉律"吏五日得一休沐"意义大不相同。五日一休沐，是放假一天，沐不沐还不是在你自己。学校规定三日一洗澡是强迫性的，而且还有惩罚的办法，洗澡室备有签到簿，三次不洗澡者公布名单，仍不悛悔者则指定时间派员监视强制执行。以我所知，不洗澡而签名者大有人在，俨如伪造文书；从未见有名单公布，更未见有人在众目睽睽之下袒裼裸裎，法令徒成具文。

我们中国人一向是把洗澡当作一件大事的，自古就有沐浴而朝，斋戒沐浴以祀上帝的说法。曾点的生平快事是"浴于沂"。唯因其为大事，似乎未能视为日常生活的一部分。到了唐朝，还有人"居丧毁慕，三年不澡沐"。晋朝的王猛扪虱而谈，更是经常不洗澡的明证。白居易诗"今朝一澡濯，衰瘦颇有余"，洗一回澡居然有诗以纪之的价值。

旧式人家，尽管是深宅大院，很少有特辟浴室的。一只大木盆，能蹲踞其中，把浴汤泼溅满地，便可以称心如意了。在北平，街上有的是"金鸡未唱汤先热，红日东升客满堂"的澡堂，也有所谓高级一些的如"西升平"，但是很多人都不敢问津，倒不一定是如米芾之"好洁成癖至不与人同巾器"，也不是怕进去被人偷走了裤子，实在是因为医药费用太大，"早晨皮包水，晚上水包皮"，怕的是水不仅包皮，还可能有点什么东西进入皮里面去。明知道有些城市的澡堂里面可以搓澡、敲背、捏足、修脚、理发、吃东西、高枕而眠，甚而至于不仅是高枕而眠，一律都非常方便，有些胆小的人还是望望然去之，宁可回到家里去蹲踞在那一只大木盆里将就将就。

近代的家庭洗澡间当然是令人称便，可惜颇有"西化"之嫌，非我国之所固有。不过我们也无须过于自馁，西洋人之早雨浴晚雨浴一天淴洗两回，也只是很晚近的事。罗马皇帝喀拉凯拉之广造宏丽的公共浴室容纳一万六千人同时入浴，那只是历史上的美谈。那些浴室早已由于蛮人入侵而沦为废墟，早期基督教的禁欲趋向又把沐浴的美德破坏无遗。在中古期间的僧侣是不大注意他们的肉体上的清洁的。"与其澡于水，宁澡于德"（傅玄《澡盘铭》）大概是他们所信奉的道理。

欧洲近代的修女学校还留有一些中古遗风，女生们隔两个星期才能洗澡一次，而且在洗的时候还要携带一件长达膝部以下的长袍作为浴衣，脱衣服的时候还有一套特殊技术，不可使自己看到自己的身体！英国维多利亚时代之"星期六晚的洗澡"是一般人民经常有的生活项目之一。平常的日子大概都是"不宜沐浴"。

我国的佛教僧侣也有关于沐浴的规定，请看《百丈清规·六》："展浴袱取出浴具于一边，解上衣，未卸直裰，先脱下面裙裳，以脚布围身，方可系浴裙，将裈袴卷折纳袱内。"虽未明言隔多久洗一次，看那脱衣层次规定之严，其用心与中古基督教会殆异曲同工。

在某些情形之下裸体运动是有其必要的，洗澡即其一也。在短短一段时间内，在一个适当的地方，即使于洗濯之余观赏一下原来属于自己的肉体，亦无伤大雅。若说赤身裸体便是邪恶，那么衣冠禽兽又好在哪里？

《礼记·儒行》云："儒有澡身而浴德。"我看人的身与心应该都保持清洁，而且并行不悖。

麻将

有中国人的地方就有麻将,有些地方的寓公寓婆亦不能免。麻将的诱惑力太大。王尔德说过:"除了诱惑之外,我什么都能抵抗。"

我的家庭守旧,绝对禁赌,根本没有麻将牌。从小不知麻将为何物。除夕到上元开赌禁,以掷骰子状元红为限,下注三十几个铜板,每次不超过一二小时。有一次我斗胆问起,麻将怎个打法,家君正色曰:"打麻将吗?到八大胡同去!"吓得我再也不敢提起麻将二字。心里留下一个并不正确的印象,以为麻将与八大胡同有什么密切关联。

后来出国留学,在轮船的娱乐室内看见有几位同学做方城戏,才大开眼界,觉得那一百三十六张骨牌倒是很好玩的。有人热心指点,我也没学会。这时候麻将在美国盛行,很多美国人家里都备有一副,虽然附有说明书,一般人还是不易得其门而入。我们有一位同学在纽约居然以教人打牌为副业，电话召之即去，收入颇丰，每小时一元。但是为大家所不齿，认为他不务正业，贻士林羞。

科罗拉多大学有两位教授，姊妹俩，老处女，请我和闻一多到她们家里晚餐，饭后摆出了麻将，作为余兴。在这一方面我和一多都是属于"四窍已通其三"的人物——一窍不通，当时大窘。两位教授不能了解，中国人竟不会打麻将？当晚四个人临时参看说明书，随看随打，谁也没能规规矩矩地和下一把牌，窝窝囊囊地把一晚消磨掉了。以后再也没有成局。

麻将不过是一种游戏，玩玩有何不可？何况贤者不免。梁任公先生即是此中老手。我在清华念书的时候，就听说任公先生有一句名言："只有读书可以忘记打牌，只有打牌可以忘记读书。"读书兴趣浓厚，可以废寝忘食，还有工夫打牌？打牌兴亦不浅，上了牌桌全神贯注，焉能想到读书？二者的诱惑力、吸引力，有多么大，可以想见。书读多了，没有什么害处，顶多变成不更事的书呆子，文弱书生。经常不断地十圈二十圈麻将打下去，那毛病可就大了。有任公先生的学问风操，可以打牌，我们没有他那样的学问风操，不得借口。

胡适之先生也偶然喜欢摸几圈。有一年在上海，饭后和潘光旦、罗隆基、饶子离和我，走到一品香开房间打牌。硬木桌上打牌，滑溜溜的，震天价响，有人认为痛快。我照例作壁上观。言明只打八圈，打到最后一圈已近尾声，局势十分紧张。胡先生坐庄。潘光旦坐对面，三副落地，吊单，显然是一副满贯的大牌。"扣他的牌，打荒算了。"胡先生摸到一张白板，地上已有两张白板。"难道他会吊孤张？"胡先生口中念念有词，犹豫不决。左右皆曰："生张不可打，否则和下来要包！"胡先生自己的牌也是一把满贯的大牌，且早已听张，如果扣下这张白板，势必拆牌应付，于心不甘。犹豫了好一阵子："冒一下险，试试看。"啪的一声把白板打了出去！"自古成功在尝试"，这一回却是"尝试成功自古无"了。潘光旦嘿嘿一笑，翻出底牌，吊的正是白板。胡先生包了。身上现钱不够，开了一张支票，三十几元。那时候这不算是小数目。胡先生技艺不精，没得怨。

抗战期间，后方的人，忙的是忙得不可开交，闲的是闷得发慌。不知是谁诌了四句俚词："一个中国人，闷得发慌。两个中国人，就好商量。三个中国人，做不成事。四个中国人，麻将一场。"四个人凑在一起，天造地设，不打麻将怎么办？雅舍也备有麻将，只是备不时之需。有一回有客自重庆来，第二天就回去，要求在雅舍止宿一夜。我们没有招待客人住宿的设备，颇有难色，客人建议打个通宵麻将。在三缺一的情形下，第四者若是坚不下场，大家都认为是伤天害理的事。于是我也不得不凑一角。这一夜打下来，天旋地转，我只剩得奄奄一息，誓言以后在任何情形之下，再也不肯做这种成仁取义的事。

麻将之中自有乐趣。贵在临机应变，出手迅速。同时要手挥五弦目送飞鸿，有如谈笑用兵。徐志摩就是一把好手，牌去如飞，不假思索。麻将就怕"长考"。一家长考，三家暴躁。以我所知，麻将一道要推太太小姐们最为擅长。在牌桌上我看见过真正春笋一般的玉指洗牌砌牌，灵巧无比（美国佬的粗笨大手砌牌需要一根大尺往前一推，否则牌就摆不直！）。我也曾听说某一位太太有接连三天三夜不离开牌桌的纪录（虽然她最后崩溃以至于吃什么吐什么！）。男人们要上班，就无法和女性比。我认识的女性之中有一位特别长于麻将，经常午间起床，午后二时一切准备就绪，呼朋引类，麻将开场，一直打到夜深。雍容俯仰，满室生春。不仅是技压侪辈，赢多输少。我的朋友卢冀野是个倜傥不羁的名士，他和这位太太打过多次麻将，他说："政府于各部会之外应再添设一个'俱乐部'，其中设麻将司，司长一职非这位太太莫属矣。"甘拜下风的不只是他一个人。

路过广州，耳畔常闻噼噼啪啪的牌声，而且我在路边看见一辆停着的大卡车，上面也居然摆着一张八仙桌，四个人露天酣战，行人视若无睹。餐馆里打麻将，早已通行，更无论矣。在台湾，据说麻将之风仍然很盛。有中国人的地方就有麻将，有些地方的寓公寓婆亦不能免。麻将的诱惑力太大。王尔德说过："除了诱惑之外，我什么都能抵抗。"

我不打麻将，并不妄以为自己志行高洁。我脑筋迟钝，跟不上别人反应的速度，影响到麻将的节奏。一赶快就出差池。我缺乏机智，自己的一副牌都常照顾不来，遑论揣度别人的底细，既不知己又不知彼，如何可以应付大局？打牌本是寻乐，往往是寻烦恼，又受气又受窘，干脆不如不打。费时误事的大道理就不必说了。有人说卫生麻将又有何妨？想想看，鸦片烟有没有卫生鸦片，海洛因有没有卫生海洛因？大凡卫生麻将，结果常是有碍卫生。起初输赢小，渐渐提升。起初是朋友，渐渐成赌友，一旦成为赌友，没有交情可言。我曾看见两位朋友，都是斯文人，为了甲扣了乙一张牌，宁可自己不和而不让乙和，事后还扬扬得意，以牌示乙，乙大怒。甲说在牌桌上损人不利己的事是可以做的，话不投机，大打出手，人仰桌翻。我又记得另外一桌，庄家连和七把，依然手顺，把另外三家气得目瞪口呆面色如土。结果是勉强终局，不欢而散。赢家固然高兴，可是输家的脸看了未必好受。有了这些经验，看了牌局我就怕，作壁上观也没兴趣。何况本来是个穷措大，"黑板上进来白板上出去"也未免太惨。

对于沉湎于此道中的朋友们，无论男女，我并不一概诅咒。其中至少有一部分可能是在生活上有什么隐痛，借此忘忧，如同吸食鸦片一样久而上瘾，不易戒掉。其实要戒也很容易，把牌和筹码以及牌桌一起蠲除，洗手不干便是。

照相

照相术可以把一些景象留在纸上，可以留待回忆，可以广为流传，实在是相当神妙。

人的眼睛像一具照相机，不，应该说照相机略似人的眼睛。人的眼睛，眨巴眨巴地自动启闭，自动调整焦距，自动缩放光圈，自动分辨色光，一瞬间把眼前景物尽收眼底，而且不需计算曝光时间，不需冲洗，不需晒印，不需更换底片，印象长久保存在脑海里，随时可以在想象中涌现。照相机哪有这样方便？

但是照相机仍是一项了不起的发明。照相术可以把一些景象留在纸上，可以留待回忆，可以广为流传，实在是相当神妙，怪不得早先有人认为照相是洋鬼子的魔术，照相机是剜了死人的眼珠造成的，而且照相机底板上的人的映像是头朝下脚朝天，照一回相就要倒霉一次。

从前照相不是一件小事。谁家里大概都保有几张褪了色的迷迷糊糊的前辈照相，父母的、祖父母的、曾祖父母的。从前的喜神是请画师手绘的，多半是人咽了气之后就请画师来，揭开殓布着着实实地看几眼，把脸上特征牢记于心，回去慢慢细描，八九不离十。有了照相之后，就方便多了，照片上打了方格子，比照投影，照猫画虎，画出来神情毕肖。人老了，总要照几张相。照相之前必定盛装起来，袍衬齐整如见大宾，手里拿着半启的折扇，或是揉着两只铁球。如果夫人合照，则男左女右，各据太师椅一张，正襟危坐，一个是双腿八字开，一个是两脚齐并拢，中间小茶几一个，上置水烟袋、盖碗茶，前面一定有一只高大瓷痰桶，这是照相时必须摆出的标准架势。如果家里人丁旺，祖孙三代济济一堂，一幅合家欢是少不了的，二老坐当中，儿子、媳妇、孙男女按照辈分、年秩分列两旁，或是像兔儿爷摊子似的站在后排。有人忌讳照合家欢，说是照了之后该进祠堂的人可能很快地就进了祠堂；其实不照合家欢，结果也是一样，还是及时照了好。早先照相好像只是照相馆的事。杭州二我轩照的西湖十景和西湖一览的横幅，有许多人家挂在壁上作为卧游的对象，以为平添了什么"雷峰夕照""三潭印月""花港观鱼""平湖秋月"之类的点缀便增加几分风雅。北平廊房头条的容光照相馆门口,永远有两幅当今显要的全身放大照片,多半是全副戎装,肩头两大撮丝穗,胸前挂满各色勋章。照相馆不仅技术高,能把一副叱咤风云踌躇满志的神情拍摄出来,而且手脚快,能于一夕之间随着政潮起落更换门前时势英雄的玉照。

我父执辈有一位蒙古王公,因为雄于资,以照相为消遣,开风气之先。风景人物一齐来。常是背着照相机拎着三脚架奔驰于玉泉山颐和园之间;意犹未尽,在家里乘天气晴朗,关起屏门,呼妻唤妾,小院里春光荡漾,一一收入镜头,甚至招来男女演员裸体征逐,拍摄所得细腻处,胜过仇十洲的春宫秘戏。后来这位先生患了丹毒,浑身水肿,头大如斗,化为一摊脓血而亡,有人说他照相伤了阴德。

我在二十二岁开始玩照相。第一架柯达,长方形厚厚的一个匣子,打开匣子就自动拉出打褶的箱身,软片一沓子十二张,用一张抽一张,虽然简陋,比照相师把头蒙在黑布下装玻璃板要方便多了。后来添置了三脚架、自动计时器，调整好光圈、距离、按下快门之后，三步并作两步地走到前面，咔嚓一声，把自己照进去了，好得意。照相而不能自己洗晒，究竟不能十分满足，可是看了人家躲在厕所里遮上窗户用自制的一盏红灯埋头冲洗，闷出一头大汗，洗出来未必像样，那份洋罪我不想受。照相机日新月异，看样子永远赶不上潮流，新器材的发明永无终止，谁愿意投资于无底洞，于是我把照相这一桩嗜好刚要形成的时候就戒掉了。如今视力茫茫，两手微颤，想再重拾旧趣亦不可得。若是有人要给我照相，只要不嫌老丑，我是来者不拒，而且不需特别要求，不需请我说一声Squeeze，我会不吝报以微笑。印出来送我一张，多谢盛情，不送也无妨，可能是根本没洗出来。

很多做父母的非常钟爱他们的孩子，孩子尚在襁褓，就要给他照相留念，然后每隔周岁再照一张，说是给孩子生长过程留下一点痕迹，以为他日追忆过去之资，实则是父母满足他们自己钟爱之情。看着自己的骨肉幼苗逐年茁大，自有一种不可言说的快感。孩子长大成人，男婚女嫁，自成一个单位，对于过去并不怎样眷恋，关心的是他的配偶、自己的儿女，感兴趣的是他自己的下一代。我曾亲见一个孩子长大，授室前夕，他的母亲把他从小到大的照片簿交付给他，他说："你留着自己观赏吧，我不想要。"他的母亲好伤心。

结婚照大概是人人都很珍惜的，尤其是新娘子的照相，事前上妆、美容、做发，然后经照相师的左摆布右摆布，非把观礼的亲友等得望穿秋水、神黯心焦不能露面。慢工出细活，结婚照相当然是俊俏美观，当事人看了扬扬得意，乐不可支，必定要彩色放大，供在案头、悬在壁上——"美的东西是永久的快乐"。乐还要别人分享，才能大乐特乐，于是加印多张，到处投赠，希望别人惠存留念。但是据我所知，凡是以结婚照片赠人者，那些美丽的照片之短期内的归宿大概是——字纸篓。

下棋

> 如果被对方所窘,便努力做出不介意状,因为既不能积极地给对方以苦痛,只好消极地减少对方的乐趣。

有一种人我最不喜欢和他下棋,那便是太有涵养的人。杀死他一大块,或是抽了他一个车,他神色自若,不动火,不生气,好像是无关痛痒,使得你觉得索然寡味。君子无所争,下棋却是要争的。当你给对方一个严重威胁的时候,对方的头上青筋暴露,黄豆般的汗珠一颗颗地在额上陈列出来,或哭丧着脸做惨笑,或咕嘟着嘴做吃屎状,或抓耳挠腮,或大叫一声,或长吁短叹,或自怨自艾口中念念有词,或一串串的噎嗝打个不休,或红头涨脸如关公,种种现象,不一而足,这时节你"行有余力"便可以点起一支烟,或啜一碗茶,静静地欣赏对方的苦闷的象征。我想猎人困逐一只野兔的时候，其愉快大概略相仿佛。因此我悟出一点道理，和人下棋的时候，如果有机会使对方受窘，当然无所不用其极，如果被对方所窘，便努力做出不介意状，因为既不能积极地给对方以苦痛，只好消极地减少对方的乐趣。

自古博弈并称，全是属于赌的一类，而且只是比"饱食终日无所用心"略胜一筹而已。不过弈虽小术，亦可以观人，相传有慢性人，见对方走当头炮，便左思右想，不知是跳左边的马好，还是跳右边的马好，想了半个钟头而迟迟不决，急得对方拱手认输。是有这样的慢性人，每一着都要考虑，而且是加慢地考虑，我常想这种人如加入龟兔竞赛，也必定可以获胜。也有性急的人，下棋如赛跑，噼噼啪啪，草草了事，这仍旧是饱食终日无所用心的一贯作风。下棋不能无争，争的范围有大有小，有斤斤计较而因小失大者，有不拘小节而眼观全局者，有短兵相接做生死斗者，有各自为战而旗鼓相当者，有赶尽杀绝一步不让者，有好勇斗狠同归于尽者，有一面下棋一面诮骂者，但最不幸的是争的范围超出了棋盘，而拳足交加。有下象棋者，久而无声响，排闼视之，阒不见人，原来他们是在门后角里扭作一团，一个人骑在另一个人的身上，在他的口里挖车呢。被挖者不敢出声，出声则口张，口张则车被挖回，挖回则必悔棋，悔棋则不得胜，这种认真的态度憨得可爱。我曾见过二人手谈，起先是坐着，神情潇洒，望之如神仙中人，俄而棋势吃紧，两人都站起来了，剑拔弩张，如斗鹌鹑，最后到了生死关头，两个人跳到桌上去了！

笠翁《闲情偶寄》说弈棋不如观棋，因观者无得失心，观棋是有趣的事，如看斗牛、斗鸡、斗蟋蟀一般，但是观棋也有难过处，观棋不语是一种痛苦。喉间硬是痒得出奇，思一吐为快。看见一个人要入陷阱而不作声是几乎不可能的事，如果说得中肯，其中一个人要厌恨你，暗暗地骂一声："多嘴驴！"另一个人也不感激你，心想："难道我还不晓得这样走！"如果说得不中肯，两个人要一齐嗤之以鼻："无见识奴！"如果根本不说，憋在心里，受病。所以有人于挨了一个耳光之后还抚着热辣辣的嘴巴大呼："要抽车，要抽车！"

下棋只是为了消遣，其所以能使这样多人嗜此不疲者，是因为它颇合于人类好斗的本能，这是一种"斗智不斗力"的游戏。所以瓜棚豆架之下，与世无争的村夫野老不免一枰相对，消此永昼；闹市茶寮之中，常有有闲阶级的人士下棋消遣，"不为无益之事，何以遣此有涯之生？"宦海里翻过身最后退隐东山的大人先生们，髀肉复生，而英雄无用武之地，也只好闲来对弈，了此残生，下棋全是"剩余精力"的发泄。人总是要斗的，总是要钩心斗角地和人争逐的。与其和人争权夺利，还不如在棋盘上多占几个官；与其招摇撞骗，还不如在棋盘上抽上一车。宋人笔记曾载有一段故事："李讷仆射，性卞急，酷尚弈棋，每下子安详，极于宽缓。往往躁怒作，家人辈则密以弈具陈于前，讷睹，便忻然改容，以取其子布弄，都忘其恚矣。"（《南部新书》）下棋，有没有这样陶冶性情之功，我不敢说，不过有人下起棋来确实是把性命都可置之度外。我有两个朋友下棋，警报作，不动声色，俄而弹落，棋子被震得在盘上跳荡，屋瓦乱飞，其中一位棋瘾较小者变色而起，被对方一把拉住，"你走！那就算是你输了"。此公深得棋中之趣。

放风筝

> 人生在世上，局促在一个小圈圈里，大概没有不想偶然远走高飞一下的。……我想这也许是自己想飞而不可得，一种变相的自我满足吧。

偶见街上小儿放风筝，拖着一根棉线满街跑，嬉戏为欢，状乃至乐。那所谓风筝，不过是竹篾架上糊一点纸，一尺见方，顶多底下缀着一些纸穗，其结果往往是绕挂在街旁的电线上。

常因此想起我小时候在北平放风筝的情形。我对放风筝有特殊的癖好，从孩提时起直到三四十岁，遇有机会从没有放弃过这一有趣的游戏。在北平，放风筝有一定的季节，大约总是在新年过后开春的时候为宜。这时节，风劲而稳。严冬时风很大，过于凶猛，春季过后则风又嫌微弱了。开春的时候，蔚蓝的天，风不断地吹，最好放风筝。

北平的风筝最考究。这是因为北平有闲阶级的人多，如八旗子弟，凡属耳目声色之娱的事物都特别发展。我家住在东城，东四南大街，在内务部街与史家胡同之间有一个二郎庙，庙旁边有一爿风筝铺，铺主姓于，人称"风筝于"。他做的风筝在城里颇有小名。我家离他近，买风筝特别方便。他做的风筝，种类繁多，如肥沙雁、瘦沙雁、龙井鱼、蝴蝶、蜻蜓、鲇鱼、灯笼、白菜、蜈蚣、美人儿、八卦、蛤蟆以及其他形形色色的。鱼的眼睛是活动的，放起来滴溜溜地转，尾巴拖得很长，临风波动。蝴蝶、蜻蜓的翅膀也有软的，波动起来也很好看。风筝的架子是竹制的，上面绷起高丽纸面，讲究的要用绢绸，绘制很是精致，彩色缤纷。风筝于的出品，最精彩是"提线"拴得角度准确，放起来不"打筋斗"，平平稳稳。风筝小者三尺，大者一丈以上，通常在家里玩玩有三尺到六尺就很够。新年厂甸开放，风筝摊贩也很多，品质也还可以。

放风筝的线，小风筝用棉线即可，三尺以上就要用棉线数绺捻成的"小线"，小线也有粗细之分，视需要而定。考究的要用"老弦"：取其坚牢，而且分量较轻，放起来可以扭成直线，不似小线之动辄出一圆兜。线通常绕在竹制的可旋转的"线桄子"上。讲究的是硬木制的线桄子，旋转起来特别灵活迅速。用食指打一下，桄子即转十几转，自然地把线绕上去了。

有人放风筝，尤其是较大的风筝，常到城根或其他空旷的地方去，因为那里风大，一抖就起来了。尤其是那一种特制的巨型风筝，名为"拍子"，长方形的，方方正正没有一点花样，最大的没有超过九尺。北平的住宅都有个院子，放风筝时先测定风向，要有人带起一根大竹竿，竿顶置有铁叉头或铜叉头（挂画所用的那种叉子），把风筝挑起，高高举起到房檐之上，等着风一来，一抖，风筝就飞上天去，竹竿就可以撤了，有时候风不够大，举竹竿的人还要爬上房去踞坐在房脊上面。有时候，费了不少手脚，而风姨不至，只好废然作罢。不过这种扫兴的机会并不太多。

风筝和飞机一样，在起飞的时候和着陆的时候最易失事。电线和树都是最碍事的，须善为躲避。风筝一上天，就没有事，有时候进入罡风境界，则不需用手牵着，大可以把线拴在屋柱上面，自己进屋休息，甚至拴一夜，明天再去收回。春寒料峭，在院子里久了会冻得涕泗交流，线弦有时也会把手指勒得青疼,甚至出血,是需要到屋里去休息取暖的。

风筝之"筝"字,原是一种乐器,似瑟而十三弦。所以顾名思义,风筝也是要有声响的,《询刍录》云:"五代李邺于宫中作纸鸢,引线乘风为戏,后于鸢首,以竹为笛,使风入竹,声如筝鸣。"这记载是对的。不过我们在北平所放的风筝,倒不是"以竹为笛",带响的风筝是两种,一种是带锣鼓的,一种是带弦弓的,二者兼备的当然也不是没有。所谓锣鼓,即是利用风车的原理捶打纸制的小鼓,清脆可听。弦弓的声音比较更为悦耳。有诗为证:

夜静弦声响碧空,宫商信任往来风。

依稀似曲才堪听,又被风吹别调中。

——高骈《风筝》诗

我以为放风筝是一件颇有情趣的事。人生在世上,局促在一个小圈圈里,大概没有不想偶然远走高飞一下的。出门旅行,游山逛水,是一个办法,然亦不可常得。放风筝时,手牵着一根线,看风筝冉冉上升,然后停在高空,这时节仿佛自己也跟着风筝飞起了,俯瞰尘寰,怡然自得。

我想这也许是自己想飞而不可得,一种变相的自我满足吧。春天的午后,看着天空飘着别人家放起的风筝,虽然也觉得很好玩,究不若自己手里牵着线的较为亲切,那风筝就好像是载着自己的一片心情上了天。真是的,在把风筝收回来的时候,心里泛起一种异样的感觉,好像是游罢归来,虽然不是扫兴,至少也是尽兴之后的那种疲惫状态,懒洋洋的,无话可说,从天上又回到了人间,从天上翱翔又回到匍匐地上。

放风筝还可以"送幡"(俗呼为"送饭儿")。用铁丝圈套在风筝线上,圈上附一长纸条,在放线的时候铁丝圈和长纸条便被风吹着慢慢地滑上天去,纸幡在天空飞荡,直到抵达风筝脚下为止。在夜间还可以把一盏一盏的小红灯笼送上去,黑暗中不见风筝,只见红灯朵朵在天上游来游去。

放风筝有时也需要一点点技巧。最重要的是在放线松弛之间要控制得宜。风太劲,风筝陡然向高处跃起,左右摇晃,把线拉得绷紧,这时节一不小心风筝便会倒栽下去。栽下去不要慌,赶快把线一松,它立刻又会浮起,有时候风筝已落到视线所不能及的地方,依然可以把它挽救起来，凡事不宜操之过急，放松一步，往往可以化险为夷，放风筝亦一例也。技术差的人，看见风筝要栽筋斗，便急忙往回收，适足以加强其危险性，以至于不可收拾。风筝落在树梢上也不要紧，这时节也要把线放松，乘风势轻轻一扯便会升起，性急的人用力拉，便愈纠缠不清，直到把风筝扯碎为止。在风力弱的时候，风筝自然要下降，线成兜形，便要频频扯抖，尽量放线，然后再及时收回，一松一紧，风筝可以维持于不坠。

　　好斗是人的一种本能。放风筝时也可表现出战斗精神。发现邻近有风筝飘起，如果位置方向适宜，便可向它斗争。法子是设法把自己的风筝放在对方的线兜之下，然后猛然收线，风筝陡地直线上升，势必与对方的线兜交缠在一起，两只风筝都摇摇欲坠，双方都急于向回扯线，这时候就要看谁的线粗，谁的手快，谁的地势优了。优胜的一方面可以扯回自己的风筝，外加一只俘虏，可能还有一段线。我在一季之中，时常可以俘获四五只风筝。把俘获的风筝放起，心里特别高兴，好像是在炫耀自己的战利品，可是有时候战斗失利，自己的风筝被俘，过一两天看着自己的风筝在天空飘荡，那便又是一种滋味了。这种斗争并无伤于睦邻之道,这是一种游戏,不发生侵犯领空的问题。并且风筝也只好玩一季,没有人肯玩隔年的风筝。迷信说隔年的风筝不吉利,这也许是卖风筝的人造的谣言。

辑六

不必为了应酬新交而磨粗自己的手掌

还有一项陋习就是劝酒,说好说歹,硬要对方干杯,创出「先干为敬」的谬说,要挟威吓,最后是捏着鼻子灌酒,甚至演出全武行,礼貌云乎哉?

脏

> 其实，脏一点无伤大雅，从来没有听说过哪一个国家因脏而亡。

普天之下以哪一个民族为最脏，这个问题不是见闻不广的人所能回答的。约在半个世纪以前，蔡元培先生说："华人素以不洁闻于世界：体不常浴，衣不时浣，咯痰于地，拭涕以袖，道路不加洒扫，厕所任其熏蒸，饮用之水不经渗漉，传染之病不知隔离。"这样说来，脏的冠军我们华人实至名归、当之无愧。这些年来，此项冠军是否一直保持，是否业已拱手让人，则很难说。

蔡先生一面要我们以尚洁互相劝勉，一面又鳃鳃过虑生怕我们"因太洁而费时"，又怕我们因"太洁而使人难堪"。其实有洁癖的人在历史上并不多见，数来数去也不过南宋何佟之，元倪瓒，南齐王思远、庾炳之，宋米芾数人而已。而其中的米芾"不与人共巾器"，从现代眼光看来，好像也不算是"使人难堪"。所谓巾器，就是手巾、脸盆之类的东西，本来不好共用。从前戏园里有"手巾把儿"供应，热腾腾、香喷喷的手巾把儿从戏园的一角掷到另一角，也算是绝活之一。纵然有人认为这是一大享受，甚至认为这是国剧艺术中不可或缺的节目之一，我一看享受手巾把儿的朋友们之恶狠狠地使用它，从耳根脖后以至于绕弯抹角地擦到两腋生风而后已，我就不寒而栗，宁可步米元章的后尘而"使人难堪"。现代号称观光的车上也有冷冰冰、香喷喷的小方块毛巾敬客，也有人深通物尽其用的道理，抹脸揩头，细吹细打，最后可能擤上一摊鼻涕。若是让米元章看到，怕不当场昏厥！如果大家都多多少少地染上一点洁癖，"使人难堪"的该是那些邋遢鬼。

人的身体本来就脏，佛家所谓"不净观"，特别提醒我们人的"九孔"无一不是藏垢纳污之处，经常像臭沟似的渗泄秽流。真是一涉九想，欲念全消。我们又何必自己作践自己，特别做出一副肮脏相，长发披头，于思满面，招人恶心，而自鸣得意？也许有人要指出，"蓬首垢面而谈诗书"，贤者不免，"扪虱而言"，无愧名士，"头面常一月十五日不洗，不大闷痒不能沐"，也正是风流适意。诚然，这种古已有之的流风遗韵，一直到了晚近尚未断绝，在民初还有所谓什么大师之流，于将近耳顺之年，因为续弦，才接受对方条件而开始刷牙。在这些固有的榜样之外，若是再加上西洋的堕落时髦，这份不洁之名不但闻于世界，且将永垂青史。

无论是家庭、学校、餐厅、旅馆、衙门，最值得参观的是厕所。古时厕所干净到什么地步，不得而知，我只知道豪富如石崇，厕所里侍列着丽服藻饰的婢女十余位，置甲煎粉、沉香汁之属。王敦府上厕所有漆箱盛干枣，用以塞鼻。这些设备好像都是消极的措施。恶臭熏蒸，羼上甲煎粉、沉香汁的香气，恐未必佳；至于鼻孔里塞干枣，只好张口呼吸，当亦于事无补。我们的文化虽然悠久，对于这一问题好像未曾措意，西学东渐之后才开始慢慢地想要"迎头赶上"。"全盘西化"是要不得的，所以洋式的卫生设备纵然安设在最高学府里，也不免要加以中式的处理——任其溃污、阻塞、泛滥、溃决。脏与教育程度有时没有关系，小学的厕所令人望而却步，上庠的厕所也一样的不可向迩。衙门里也有人坐在马桶上把一口一口的浓痰唾到墙上，欣赏那像蜗牛爬过似的一条条亮晶晶的痕迹。看样子，公共的厕所都需要编制，设所长一人，属员若干，严加考绩，甚至卖票收费亦无不可。

离厕所近的是厨房。在家庭里大概都是建在边边沿沿不惹人注意的地方，地基较正房要低下半尺一尺的，屋顶多半是平台。我们的烹饪常用旺油爆炒，油烟熏渍，四壁当然黯黮无光。其中无数的蟋蟀、蚂蚁、蟑螂之类的小动物昼伏夜出，大量繁衍，与人和平共处，主客翕然。在有些餐厅里，为了空间经济，厨房、厕所干脆不大分开，大师傅汗淋淋的赤膊站在灶前掌勺，白案子上的师傅吊着烟卷在旁边揉面，墙角上就赫然列着大桶供客方便。多少人称赞中国的菜肴天下独步，如果他在餐前净手，看看厨房的那一份脏，他的胃口可能要差一点。有一位回国的观光客，他选择餐馆的重要标准之一是看那里的厨房脏到什么程度，其次才考虑那里有什么拿手菜。结果选来选去，时常还是回到自己的寓所吃家常饭。

菜市场才是脏的集大成的地方。杀鸡、宰鸭、剖鱼，全在这里举行，血迹模糊，污水四溅。青菜在臭水沟里已经涮洗过，犹恐失去新鲜，要不时地洒上清水，斤两上也可讨些便宜。死翘翘的鱼虾不能没有冰镇，冰化成水，水流在地。这地方，地窄人稠，阳光罕至，泥泞久不得干，脚踏车、摩托车横冲直撞没有人管，地上大小水坑星罗棋布，买菜的人没有不陷入泥淖的，没有人不溅一腿泥的。妙在鲍鱼之肆，久而不觉其臭，在这种地方天天打滚的人，久之亦不觉其苦：怕踩水，可以穿一双雨鞋；怕溅泥，可以罩一件外衣；嫌弄一手油，可以顺便把手在任何柱子、台子上抹两抹——不要紧的，大家都这样。有人倡议改善，想把洋人的超级市场翻版，当然这又是犯了一下子"全盘西化"的毛病，病在不合国情。吃如此这般的菜，就有如此这般的厨房，就有如此这般的菜市场，天造地设。

其实，脏一点无伤大雅，从来没有听说过哪一个国家因脏而亡。一个个的纵然衣冠齐整望之岸然，到处一尘不染，假使内心里不大干净，一肚皮男盗女娼，我看那也不妙。

胖

> 一个人随身永远携带着一二十斤板油，负担当然不小，天热时要融化，天冷时怕凝冻，实在很苦。

罗马的恺撒大帝，看见那面如削瓜的卡西乌斯，偷偷摸摸的，神头鬼脸的，逡巡而去，便太息说："我愿在我面前盘旋的都是些胖子，头发梳得光光的，到夜晚睡得着觉的人。那个卡西乌斯有消瘦而恶狠的样子，他心眼儿太多了：这种人是危险的。"这是文学上有名的对于胖子的歌颂。和胖子在一起，好像是安全，软和和的，碰一下也不要紧；和瘦子在一起便有不同的感觉，看那瘦骨嶙峋的样子，好像是磕碰不得，如果碰上去，硬碰硬，彼此都不好受。恺撒大帝的性命与事业，到头来败于卡西乌斯之手，这几句话倒好像是有先见之明。

胖子大部分脾气好，这其间并无因果关系。胖子之所以胖，一定是吃得饱睡得着之故。胖子一定好吃，不好吃如何能"催肥"？胖子从来没有在床上辗转反侧的，纵然意欲胡思乱想也没有时间，头一着枕便鼾声大作了。所谓"心广体胖"，应该说，心广则万事不挂心头，则吃得饱，则睡得着，则体胖，同时脾气好。

胖子也有心眼窄的。我就认识一位胖子，很胖的胖子，人皆以"胖子"呼之。他虽不正式承认，但有时一呼即应，显然是默认的。"胖子"的称呼并不是侮辱的性质，多少带有一点亲热欢喜微加一点调侃的意味。我们对盲者不好称之为瞎子，对跛者不好称之为"瘸子"，对瘦者亦不好称之为"排骨"，唯独对胖子，则不妨直截了当地称之为胖子，普通的胖子均不以为忤。有一天我和我的很胖的胖子朋友说："你的照片有商业价值，可以做广告用。"他说："给什么东西做广告呢？"我说："婴儿自己药片。"他怫然色变，从此很少理我。

年事渐长的人，工作日繁而运动愈少，于是身体上便开始囤积脂肪，而腹部自然的要渐渐呈锅形，腰带上的针孔便要嫌其不敷用。终日鼓腹而游，才一走动便气咻咻。

然对于这样的人我渐渐地抱有同情了。一个人随身永远携带着一二十斤板油,负担当然不小,天热时要融化,天冷时怕凝冻,实在很苦。若遇到饥荒的年头,当然是瘦子先饿死,胖子身上的脂肪可以发挥驼峰的作用慢慢地消受。不过正常的人也未必就有这种饥荒心理。

胖瘦与妍媸有关,尤其是女人们一到中年便要发福,最需要加以调理。或用饿饭法,尽量少吃;或用压缩法,用钢条橡皮制成的腰箍,加以坚韧的绳子细细地绷捆,仿佛做素火腿的方法,硬把浮膘压紧,有人满地打滚,翻筋斗,竖蜻蜓,虾米弯腰,鲤鱼打挺,企求减削一点体重。男人们比较放肆一些,传统的看法还以为胖不是毛病。《世说新语》记载的王羲之坦腹东床的故事,虽未说明王逸少的腹围尺码,我想凡是值得一坦的肚子大概不会太小,总不会是稀松干瘪的。

听说南部有报纸副刊记载我买皮带系腰的故事,颇劳一些友人以此见询。在台湾买皮带确是相当困难。我在原有皮带长度不敷应用的时候,想再买一根颇不易得,不知道是否由于这地方太阳晒得太凶,体内水分挥发太快的缘故,本地的胖子似乎比较少见。我尚不够跻身于胖子之林,但因为我向不会作诗,"饭颗山头遇杜甫"的情形是决不会有的,而且周伯仁"清虚日来,滓秽日去"的功夫也还没有做到,所以竟为一根皮带而感到困惑,倒是确有其事。不过情势尚不能算为恶劣。像妥尔斯塔夫那样,自从青春以后就没有看见过自己的脚趾,一跌倒就需要起重机,我一向是引为鉴戒的。

鼾

> 要想听人世间最美妙的音乐,莫过于夜阑人静,微闻妻室儿女从榻上传来的停匀的一波一波的鼾声。

我初到南京教书那一年,先是被安置在一间宿舍里,可巧一位朋友也是应聘自北平来,遂暂与我同居一室。夜晚就寝,这位相貌清癯仪态潇洒的朋友,头刚沾枕,立刻响起鼾声,不是普通呼噜呼噜的鼾声,他调门高,做金石声,有铜锤花脸或是秦腔的韵味,而且在十响八响的高亢的鼾声之后,还猛然带一个逆腔的回钩。这下子他把自己惊醒了,可是他哼哼唧唧地蠕动了几下,又开始奏起他的独特的音乐。我不知所措,彻夜无眠。

过两天这位朋友搬走了,又来了一位心广体胖脂腴特丰的朋友,他在南京有家,看见我室有空床,决意要和我联床夜话。他块头大、气势足，鼾声轰隆轰隆，不同凡响。凡事应慎之于始，我立即拿起一只多余的绣花枕头，对准他的床上掷去，他徐徐地开言道："你是嫌我鼾声太大吗？"原来他尚未睡熟，只是小试啼声，预演的性质。我毫无办法，听他演奏通宵达旦。

我本来没有打鼾的习惯，等到中年发福，又常以把盏为乐，"三日不饮酒，觉形神不复相亲"，于是三日一小饮，五日一大醉，隗然卧倒，鼾声如雷。我初不自知，当然亦不肯承认，可是家人指控历历如绘，甚至于形容我的呼声之高，硬说我一呼一吸之际，屋门也应声一翕一张。小女淘气，复于我鼾声大作之时，录音为证。无法抵赖，只得承招。但是我还要试为自己解脱，引证先贤亦复尔尔，不足为病，无可厚非。黄山谷题苏东坡书后有云："东坡居士性喜酒，然不能四五龠已烂醉，不辞谢就卧，鼻鼾如雷。"可见贤者不免，吾又何尤？

鼾声扰人，究竟不是好事。记得有人发明过一种"止鼾器"。睡时纳入口中，好像就能控制口腔内某一部分的筋肉使之不能颤动，自然就不会发出鼾声。我没见过这种伟大的发明，也不知道有什么情愿一试的人做过试验。这种东西没有流行到市面上来，很快地就匿迹销声，不是证明其为无效，是证明人对于鼾的厌恶尚未深刻到甘心情愿以异物纳入口腔的程度。

如果不是在人卧榻之侧制造噪声，扰人清睡，打鼾似乎没有多大害处。有些医学家可不这样想。报载：

【合众国际社密歇根安那柏一九七六年十一月十九日电】

一位研究睡眠失常的专家指出，鼾声太大可能对健康有害；情况严重的，甚至会使你的心脏停止跳动。

斯坦福大学睡眠失常门诊中心主任狄蒙博士在密歇根大学的内科医师会议上指出，有打鼾毛病的人几乎无法真正睡一晚好眠。

他说，鼾声大的人，每一千位成年男人中，平均有一人当他睡着时心脏有停止跳动的危险……当他们的喉头上部与口腔组织过度松弛时，就切断了通向肺部的空气……这些睡眠者因此必须挣扎喘气，以吸取空气至肺内。严重时，此种循环一晚可能发生四百次，其中包括心跳不规则。这意味一个人在一年内有一千万次他的心跳可能停止的机会。我们猜测发生此种情形的次数，远较医学界所知者为多，因为此种病人醒着时没有心脏病的困扰，而且死后验尸也看不出此种症状……

我们常听说到的所谓无疾而终，一睡不起，或是溘然坐化，也许其中一部分就是因为有严重的打鼾习惯。我不确知谁是因鼾而停止呼吸而猝然物化，不过打鼾的朋友们确是常有鼾声正酣之际陡然停止出声的情事。在这种情形中，醒着的人都为他担心，生怕他一时喘不过气来而发生意外。通常他是休止几秒钟便又惊醒过来的。陈抟高卧，动辄百余日不起，不知他最后是否于鼾眠中尸解。

若说鼾声悦耳，怕谁也不信。但也有例外，要看鼾声发自何人。我从前有一位朋友卜居青岛汇泉，推开屋门即见平坦广大的海滩，再望过去就是辽阔无垠的海洋，月明风清之夜，潮汐涨退之声可闻，景物幽绝。遥想当年英国诗人阿诺德在多汉海峡听惊涛拍岸时所引发的感触，此情此景大概仿佛。我的朋友却不以为然，他说夜晚听无穷无尽的波涛撞击的音响，单调得令人心烦，海潮音实在听不入耳。天籁都不能令他动心，还有什么音响能令他欣赏呢？他正言相告："要想听人世间最美妙的音乐，莫过于夜阑人静,微闻妻室儿女从榻上传来的停匀的一波一波的鼾声,那时节我真个领略到'上帝在天,世上一片宁谧安详'的意境。"

好几年前,《读者文摘》有一篇说鼾的小文。于分析描述打鼾的种种之后,篇末画龙点睛地补上一笔:"鼾声是不是讨人厌,问寡妇。"

吃相

年纪大了,学业进了,吃相也跟着改良。这时代吃起来讲究不动声色,而收更大之实惠。

我是学生出身,十几年间同桌吃饭的不知凡几,可说是阅人多矣!现在谈谈吃相中之最杰出的人才之最拿手的好戏。

一、中学时代

这时候大家的身体都在发达的时候,所以在吃的时候,不注重"相",而注重在"吃得多",并且"吃得好"。学校的饭食,只有一样好处——管饱。讲到菜数的味道,大约比喂猪的东西胜过一点。四个碗四个碟子,八个人吃。照规矩要等人齐了才能正式用武。所以快到吃饭的时候,食堂门口挤得水泄不通,一股菜香从窗口荡漾出来,人人涎流万丈,说句时髦话,空气是非常的紧张。钟点一到,食堂门开,大队人马,浩浩荡荡,长驱直入,唯恐落后。八个人到齐,说时迟,那时快,双手并用,匙箸齐举。用筷的方法,是先用"骑马式",两箸直用,后来碗底渐渐发白,便改用"抬轿式",用两箸横扫。稍微带几根肉毛的菜,无一幸免。再后来,天下事大定矣的时候,大家改换工具,弃箸而用匙焉!最后,大家已有九分饱,碗里留些剩水残羹,这时节便有年长一点德高一点的人,从容不迫地从头上拔下一根轻易不肯拔的毛来,放在碗里。照例碗里有毛,厨房要受罚的,所以厨房情愿私了,另赔一满碗菜。结果是大家一人添一碗饭。有时厨役也晓得个中情形,所以在学生装模作样喊叫"有毛!"的时候,便说:"这大概是狗毛吧?"学生面面相觑。

二、大学时代

年纪大了,学业进了,吃相也跟着改良。这时代吃起来讲究不动声色,而收更大之实惠。所以大家共同研究,发明了四个字的诀窍,曰:狠、准、稳、忍。遇见好吃的菜,讲究当仁不让,引为己任,旁若无人,是之谓"狠"。

一碗的肉，块头有大有小，有厚有薄，有肥有瘦，要不假翻动而看得准确，何者最佳，何者次之，是之谓"准"。既已狠心，而又眼快，第三步工作在用筷子夹的时候要夹得稳，否则半途落下，费时耗力，有碍吃相，是之谓"稳"。最后食既到嘴，便不论其是否坚硬热烫，须于最短时间之内通通咽下，是之谓"忍"，言忍痛忍烫也。吃相到这个地步，可以说是没有挑剔了。

握手

> "不要为了应酬每一个新交而磨粗了你的手掌。"我们是要爱惜我们的手掌。

握手之事,古已有之,《后汉书》:"马援与公孙述少同里闾相善,以为既至常握手,如平生欢。"但是现下通行的握手,并非古礼,既无明文规定,亦无此种习俗。大概还是剃了小辫以后的事,我们不能说马援和公孙述握过手便认为是过去有此礼节的明证。

西装革履我们都可以忍受,简便易行而且惠而不费的握手我们当然无须反对。不过有几种人,若和他握手,会感觉痛苦。

第一是做大官或自以为做大官者,那只手不好握。他常常挺着胸膛,伸出一只巨灵之掌,两眼望青天,等你趁上去握的时候,他的手仍是直僵地伸着,他并不握,他等着你来握。你事前不知道他是如此爱惜气力,所以不免要热心地迎上去握,结果是孤掌难鸣,冷涔涔地讨一场没趣。而且你还要及早罢手,赶快撒手,因为这时候他的身体已转向另一个人去,他预备把那巨灵之掌给另一个人去握——不是握,是摸。对付这样的人只有一个办法,便是,你也伸出一只巨灵之掌,你也别握,和他作"打花巴掌"状,看谁先握谁!

另一种人过犹不及。他握着你的四根手指,恶狠狠地一挤,使你痛彻肺腑,如果没有寒暄笑语偕以俱来,你会误以为他是要和你角力。此种人通常有耐久力,你入了他的掌握,休想逃脱出来。如果你和他很有交情,久别重逢,情不自禁,你的关节虽然痛些,我相信你会原谅他的。不过通常握手用力最大者,往往交情最浅。他是要在向你使压力的时候使你发生一种错觉,以为此人遇我特善。其实他是握了谁的手都是一样卖力的,如果此人曾在某机关做过干事之类,必能一面握手,一面在你的肩头重重地拍一下子:"哈喽,哈喽,怎样好?"

单就握手时的触觉而论，大概愉快时也就不多。春笋般的纤纤玉指，世上本来少有，更难得一握，我们常握的倒是些冬笋或笋干之类，虽然上面更常有蔻丹的点缀，干倒还不如熊掌。狄更斯的《大卫·科波菲尔》里的乌利亚，他的手也是令人不能忘的，永远是湿津津的、冷冰冰的，握上去像是五条鳝鱼。手脏一点无妨，因为握前无暇检验，唯独带液体的手不好握，因为事后不便即揩，事前更不便先给他揩。

"有一桩事，男人站着做，女人坐着做，狗跷起一条腿儿做。"这桩事是——握手。和狗行握手礼，我尚无经验，不知狗爪是肥是瘦，亦不知狗爪是松是紧，姑置不论。男女握手之法不同。女人握手无须起身，亦无须脱手套，殊失平等之旨，尚未闻妇女运动者倡议纠正。在外国，女人伸出手来，男人照例只握手尖，约一英寸至二英寸，稍握即罢，这一点在我们中国好像禁忌少些，时间空间的限制都不甚严。

朋友相见，握手言欢，本是很自然的事，有甚于握手者，亦未曾不可，只要双方同意，与人无涉。唯独大庭广众之下，宾客环坐，握手势必普遍举行，面目可憎者，语言无味者,想饱以老拳尚不足以泄愤者,都要一一亲炙,皮肉相接,在这种情形之下握手,我觉得是一种刑罚。

《哈姆雷特》中波娄尼阿斯诫其子曰:"不要为了应酬每一个新交而磨粗了你的手掌。"我们是要爱惜我们的手掌。

礼貌

> 探病是礼貌，也是艺术。空手去也可以，带点东西来无妨。要看彼此的关系和身份加以斟酌。

前些年有一位朋友在宴会后引我到他家中小坐。推门而入，看见他的一位少爷正躺在沙发椅上看杂志。他的姿势不大寻常，头朝下，两腿高举在沙发靠背上面，倒竖蜻蜓。他不怕这种姿势可能使他吃饱了饭呕出来，这是他的自由。我的朋友喊了他一声："约翰！"他好像没听见，也许是太专心于看杂志了。我的朋友又说："约翰！起来喊梁伯伯！"他听见了，但是没有什么反应，继续看他的杂志，只是翻了一下白眼。我的朋友有一点窘，就好像耍猴子的敲一声锣教猴子翻筋斗而猴子不肯动，当下喃喃地自言自语："这孩子，没礼貌！"我心里想：他没有跳起来一拳把我打出门外，已经是相当地有礼貌了。

礼貌之为物，随时随地而异。我小时在北平，常在街上看见戴眼镜的人（那时候的眼镜都是两个大大的滴溜圆的镜片，配上银质的框子和腿）。他一遇到迎面而来的熟人，老远的就唰地一下把眼镜取下，握在手里，然后向前紧走两步，两人同时口中念念有词互相蹲一条腿请安。我至今不明白为什么二人相见要先摘下眼镜。戴着眼镜有什么失敬之处？如今戴眼镜的人太多了，有些人从小就成了四眼田鸡，摘不胜摘，也就没人见人摘眼镜了。可见礼貌随时而异。

人在屋里不可以峨大冠，中外皆然，但是在西方则女人有特权，屋里可以不摘帽子。尤其是从前的西方妇女，她们的帽子特大，常常像是头上顶着一个大鸟窝，或是一个大铁锅，或是一个大花篮，奇形怪状，不可方物。这种帽子也许戴上摘下都很费事，而且摘下来也难觅放置之处，所以妇女可以在室内不摘帽子。多半个世纪之前，有一次在美国，我偕友进入电影院，落座之后，发现我们前排座位上有两位戴大花冠的妇人，正好遮住我们的视线。我想从两顶帽子之间的空隙窥看银幕亦不可得，因为那两顶大帽子不时地左右移动。我忍耐不住，用我们的国语低声对我的友伴说："这两个老太婆太可恶了，大帽子使得我无法看电影。"话犹未了，一位老太婆转过头来，用相当纯正的中国话对我说："你们二位是刚从中国来的吗？"言罢把帽除去。我窘不可言。她戴帽子不失礼，我用中国话背后斥责她，倒是我没有礼貌了。可见礼貌也是随地而异。

西方人的家是他的堡垒，不容闲杂人等随便闯入，朋友访问以时，而且照例事前通知。我们在这一方面的礼貌好像要差一些。我们的中上阶层人家，深宅大院，邻近的人不会随便造访。中下的小户人家，两家可以共用一垛墙，跨出门不需要几步就到了邻舍，就容易有所谓串门子闲聊天的习惯。任何人吃饱饭没事做，都可以踱到别人家里闲磕牙，也不管别人是否有工夫陪你瞎嚼蛆。有时候去的真不是时候，令人窘，例如在人家睡的时候，或吃饭的时候，或工作的时候，实在诸多不便，然而一般人认为这不算是失礼。一聊没个完，主人打哈欠，看手表，客人无动于衷，宾至如归。这种串门子的陋习，如今少了，但未绝迹。

探病是礼貌，也是艺术。空手去也可以，带点东西来无妨。要看彼此的关系和身份加以斟酌。有的人病房里花篮堆积如山，像是店铺开张，也有病人收到的食物冰箱里装不下。探病不一定要面带戚容，因为探病不同于吊丧，但是也不宜高谈阔论有说有笑，因为病房里究竟还是有一个病人。别停留过久，因为有病的人受不了，没病的人也受不了。除非特别亲近的人，我想寄一张探病的专用卡片不失为彼此两便之策。

吊丧是最不愉快的事，能免则免。与死者确有深交，则不免拊棺一恸。人琴俱亡，不执孝子手而退，抚尸陨涕，滚地作驴鸣而为宾客笑都不算失礼。吊死者曰吊，吊生者曰唁。对生者如何致唁语，实在难于措辞。我曾见一位孝子陪灵，并不匍匐地上，而是跷起二郎腿坐在椅子上，嘴里叼着纸烟，悠然自得。这是他的自由，然而不能使吊者大悦。西俗，吊客照例绕棺瞻仰遗容。我不知道遗容有什么好瞻仰的，倒是我们的习惯把死者的照片放大，高悬灵桌之上，供人吊祭，比较合理。或多或少患有"恐尸症"的人，看了面如黄蜡白蜡的一张面孔，会心里难过好几天，何苦来哉？在殡仪馆的院子里，通常麋集着很多的吊客，不像是吊客，像是一群人在赶集，热闹得很。

关于婚礼，我已谈过不止一次，不再赘述。

饮宴之礼，无论中西都有一套繁文缛节。我们现行的礼节之最令人厌烦的莫过于敬酒。主人敬酒是题中应有之义，三巡也就够了。客人回敬主人，也不可少。唯独客人与客人之间经常不断地举杯，此起彼落，也不管彼此是否相识，也一一地皮笑肉不笑地互相敬酒。有些人根本不喝酒，举起茶杯汽水杯充数。有时候正在低头吃东西，对面有人向你敬酒，你若没有觉察，对方难堪，你若随时敷衍，不胜其扰。这种敬酒的习惯，不中不西，没有意义，应该简化。还有一项陋习就是劝酒，说好说歹，硬要对方干杯，创出"先干为敬"的谬说，要挟威吓，最后是捏着鼻子灌酒，甚至演出全武行，礼貌云乎哉？

送行

我不愿送人,亦不愿人送我。对于自己真正舍不得离开的人,离别的那一刹那像是开刀。

"黯然销魂者,唯别而已矣。"遥想古人送别,也是一种雅人深致。古时交通不便,一去不知多久,再见不知何年,所以南浦唱支骊歌,灞桥折条杨柳,甚至在阳关敬一杯酒,都有意味。李白的船刚要启旋,汪伦老远地在岸上踏歌而来,那幅情景真是历历如在目前。其妙处在于淳朴真挚,出之以潇洒自然。平素莫逆于心,临别难分难舍。如果平常我看着你面目可憎,你觉得我语言无味,一旦远离,那是最好不过,只恨世界太小,唯恐将来又要碰头,何必送行?

在现代人的生活里,送行是和拜寿送殡等一样地成为应酬的礼节之一。"揪着公鸡尾巴"起个大早,迷迷糊糊地赶到车站码头,挤在乱哄哄人群里面,找到你的对象,扯几句闲话,好容易耗到汽笛一叫,然后鸟兽散,吐一口轻松气,噘着大嘴回家。这叫作周到。在被送的那一方面,觉得热闹,人缘好,没白混,而且体面,有这么多人舍不得我走,斜眼看着旁边的没人送的旅客,相形之下,尤其容易起一种优越之感,不禁精神抖擞,恨不得对每一个送行的人要握八次手,道十回谢。死人出殡,都讲究要有多少亲友执绋,表示恋恋不舍,何况活人?行色不可不壮。

悄然而行似是不大舒服,如果别的旅客在你身旁耀武扬威地与送行的话别,那会增加旅中的寂寞。这种情形,中外皆然。Max Beerbohm写过一篇《谈送行》,他说他在车站上遇见一位以演剧为业的老朋友在送一位女客,始而喁喁情话,俄而泪湿双颊,终乃汽笛一声,勉强抑止哽咽,向女郎频频挥手,目送良久而别。原来这位演员是在做戏,他并不认识那位女郎,他是属于"送行会"的一个职员,凡是旅客孤身在外而愿有人到站相送的,都可以到"送行会"去雇人来送。这位演员出身的人当然是送行的高手,他能放进感情,表演逼真。客人纳费无多,在精神上受惠不浅。尤其是美国旅客，用金钱在国外可以购买一切，如果"送行会"真的普遍设立起来，送行的人也不虞缺乏了。

送行既是人生中所不可少的一桩事，送行的技术也便不可不注意到。如果送行只限于到车站码头报到，握手而别，那么问题就简单，但是我们中国的一切礼节都把"吃"列为最重要的一个项目。一个朋友远别，生怕他饿着走，饯行是不可少的，恨不得把若干天的营养都一次囤积在他肚里。我想任何人都有这种经验，如有远行而消息外露（多半还是自己宣扬），他有理由期望着饯行的帖子纷至沓来，短期间家里可以不必开伙。还有些思虑更周到的人，把食物携在手上，送到车上船上，好像是你在半路上会要挨饿的样子。

我永远不能忘记最悲惨的一幕送行。一个严寒的冬夜，车站上并不热闹，客人和送客的人大都在车厢里取暖，但是在长得没有止境的月台上却有黑压压的一堆送行的人，有的围着斗篷，有的戴着风帽，有的脚尖在洋灰地上敲鼓似的乱动，我走近一看全是熟人，都是来送一位太太的。车快开了，不见她的踪影，原来在这一晚她还有几处饯行的宴会。在最后的一分钟，她来了。送行的人们觉得是在接一个人，不是在送一个人，一见她来到大家都表示喜欢，所有惜别之意都来不及表现了。她手上抱着一个孩子，吓得直哭，另一只手扯着一个孩子，连跑带拖，她的头发蓬松着，嘴里喷着热气像是冬天载重的骡子，她顾不得和送行的人周旋，三步两步地就跳上了车。这时候门已在蠕动。送行的人大部分都手里提着一点东西，无法交付，可巧我站在离车门最近的地方，大家把礼物都交给了我，"请您偏劳给送上去吧！"我好像是一个圣诞老人，抱着一大堆礼物，我一个箭步蹿上了车，我来不及致辞，把东西往她身上一扔，回头就走，从车上跳下来的时候，打了几个转才立定脚跟。事后我接到她一封信，她说：

那些送行的都是谁？你丢给我那一堆东西，到底是谁送的？我在车上整理了好半天，才把那堆东西聚拢起来打成一个大包袱。朋友们的盛情算是给我添了一件行李。我愿意知道哪一件东西是哪一位送的，你既是代表送上车的，你当然知道，盼速见告。

计开：水果三筐，泰康罐头四个，果露两瓶，蜜饯四盒，饼干四罐，豆腐乳四罐，蛋糕四盒，西点八盒，纸烟八听，信纸信封一匣，丝袜两双，香水一瓶，烟灰碟一套，小钟一具，酱菜四篓，绣花鞋一双，大面包四个，咖啡一听，小宝剑两把……

这问题我无法答复，至今是个悬案。

我不愿送人，亦不愿人送我。对于自己真正舍不得离开的人，离别的那一刹那像是开刀，凡是开刀的场合照例是应该先用麻醉剂，使病人在迷蒙中度过那场痛苦，所以离别的苦痛最好避免。一个朋友说："你走，我不送你；你来，无论多大风多大雨，我要去接你。"我最赏识那种心情。

婚礼

> 结婚是两个人的事,何须牧师参与其间。男女相悦,欲结秦晋之好,也没有绝对必要征求家长同意。

一般人形容一般的婚礼为"简单隆重"。又简单又隆重,再好不过。但是细想,简单与隆重颇不容易合在一起。隆是隆盛的意思,重是郑重的意思,与简单一义常常似有出入。烫金红帖漫天飞,席开十桌八桌乃至二三十桌,杯盘狼藉,嘈杂喧阗。新娘三换服装,做时装表演,正好违反了蔡邕"一朝之晏,再三易衣,从庆移坐,不因故服"的"女训"。新郎西服笔挺,呆若木鸡。证婚人语言无味,介绍人嬉皮笑脸,主婚人形如木偶。隆则隆矣,重则未必,更不能算简单。

我国婚礼,自古就不简单。《礼记·昏义》:"昏礼者,将合二姓之好，上以事宗庙，而下以继后世也，故君子重之。"传宗接代的事，所以要隆重。"是以昏礼纳采、问名、纳吉、纳征、请期，皆主人筵几于庙，而拜迎于门外，入，揖让而升，听命于庙，所以敬慎重正昏礼也。"随后就是新郎亲迎，女家"筵几于庙"，婿揖让升堂，再拜奠雁。最后是迎妇以归，"共牢而食，合卺而酳"，大事告成。这一套仪式，若干年来，当然有不少的修改，但是基本的精神大致未变，仍是铺张扬厉，仍是以父母为主体，以当事人为主要工具。男娶妇曰授室，女嫁夫曰于归。

民初以来所谓文明结婚的仪式，一直沿用到现在，其实不见得怎样文明。最令人不解的是仪式之中冒出来一个证婚人——多半是一个机关首长什么的，再不就是一位年高确实有征而德劭尚待稽考的人，他的任务是宣读结婚证书，然后说几句空空洞洞的废话。从前有"新娘搀上床，媒人扔过墙"之说，如今则是证婚人等到大家用过印，就被人挟持扶下台。如果他运气好，会有人领他到铺红桌布的主要席次，在新郎新娘高居首席之下敬陪末座。否则下得台来，没有人理，在拥挤的席次之间彷徨逡巡一阵，臊不搭地只好溜走了事。若是婚后数日，男家家长带着儿子媳妇和一篮水果什么的到证婚人家中拜谢，那是难得一见的殊荣。

新娘由两个伴娘左右扶持也就够排场的了，但是近来还经常有人采用西俗，由女方男性家长（或代理家长）挟持着新娘，把她"送给"男方。而且还要按着一架破钢琴（或录音机）奏出的进行曲的节奏，缓缓地以蜗步走到台前。也有人不知受了什么高人导演，一步一停，像玩偶中的机器人一样的动作有节。为什么新娘要由男性家长"送给"人，而不由女性家长把她送出去？为什么新郎老早地就站在那里，等候接收新娘，而不是由家长挟持着把他"送给"新娘？究竟有无道理？

子曰："礼，与其奢也宁俭。"是泛指一般的礼而言，当然也包括婚礼在内。在这里俭也就是简单的意思。西俗婚礼较为简单，但是他们有人还嫌不够简单。从前，苏格兰敦福利县春田乡附近有一个小村落格莱特纳（Gretna），离英格兰西北部的卡利尔只有八里，那个地方的结婚典礼既不需牧师主持，亦不必请领什么证书，更不要预告的那种手续，只要双方当事人对一位证人宣称同意结婚就行了。而那位证人通常是当地的铁匠。一时的私奔的男女趋之若鹜，号称为"格莱特纳草原结婚"（Gretna Green Marriages）。这风俗延至一八五六年才告终止。这方式简单之至，实在也没有什么不好，不晓得何以终于废弃。结婚是两个人的事，何须牧师参与其间。男女相悦，欲结秦晋之好，也没有绝对必要征求家长同意。必须要个证人，表示其非私奔，则乡村铁匠最为便当。从前一个乡村铁匠是当地尽人皆知的一个响当当的人物。在铁匠面前，三言两语把终身大事解决了，岂非简单之至？

听说美国近年来有所谓"快速结婚"。南卡罗来纳州迪朗市政府公证处设立了一个结婚礼堂，除圣诞节休息一日外，全年开放，周末还特别延长服务时间。凡年满十六岁男子与年满十四岁女子，无论来自何处，不需体检，不必验血，一律欢迎。只需家长同意，于二十四小时前申请，缴注册费四十元，公证处即派员主持结婚典礼，费时不超过五分钟。结婚人不必穿礼服，任何服装均可，牛仔裤、衬衫、工作服任听尊便。简单迅速，皆大欢喜。五分钟完成婚礼不一定就是不隆重，婚礼本不是表演给人观赏的。我国法院的公证结婚相当简单，不过也还要有一位法官行礼如仪，似嫌多事。那位法官所披的法衣，白领往往蓝黑，和新娘的白纱礼服不大相称。公证结婚之后，也曾有人再行大宴宾客，借用学校礼堂操场席开一二百桌，好像是十分风光，实则几近荒唐，人人为之侧目。当然这种荒唐闹剧也不是完全没有道理的，有人估计，像这样的敛治喜筵可以收回为数可观的喜敬，用以开销尚有余羡。此种行径，名曰："撒网。"距离隆重之义何止十万八千里。

听说有人结婚不在教堂行礼，也不在家里或是餐厅里，而是在运动场里、滑冰场上、游览车中，甚至不在地面上而是在天空的飞机里面。地点的选择是人人有自由的，制造噱头也不犯法。成为新闻，有人还很得意。

然则婚礼如何才能简单隆重？初步的建议是，做父母的退出主办的地位，别乱发请帖，因为令郎令爱的婚事别人并不感觉兴趣。在家里静静地等着抱孙子就可以了。至于婚礼，让小两口子自己瞧着办。